文脉中国 小说库

wenmaizhongguo xiaoshuoku

帆影

于聚义 著

中国文联出版社

图书在版编目（CIP）数据

帆影／于聚义著．--北京：中国文联出版社，
2016.1（2023.3 重印）
ISBN 978 - 7 - 5190 - 1084 - 3

Ⅰ.①帆… Ⅱ.①于… Ⅲ.①中篇小说—小说集—中
国—当代②短篇小说—小说集—中国—当代 Ⅳ.
①I247.7

中国版本图书馆 CIP 数据核字（2016）第 021396 号

著　　者　于聚义
责任编辑　郭　锋
责任校对　乔宇佳
装帧设计　中联华文

出版发行　中国文联出版社有限公司
地　　址　北京市朝阳区农展馆南里 10 号　　　　邮编　100125
电　　话　010 - 85923025（发行部）　　　　85923091（总编室）
经　　销　全国新华书店等
印　　刷　三河市华东印刷有限公司

开　　本　710 毫米×1000 毫米　　1/16
印　　张　9
字　　数　147 千字
版　　次　2023 年 3 月第 1 版第 2 次印刷
定　　价　68.00 元

C目录
CONTENTS

第一辑　闪小说

第二辑　短　篇

第三辑　中篇小说

闪小说

今年文学苑地，又添了"闪小说"一垄。作者力推这种文学快餐走进大众……这里收集的五则小故事：《心魔》《遗爱》《转弯》《生存智慧》《趁火打劫》，瞬间折射反映了社会的真善美。《遗爱》在当下与过往中，闪现爱情、婚外情、亲情，是现实社会的多重奏。

心　魔

　　客户来找 Mary，她就气不打一处来，高跟鞋声比平时高了好几个分贝，扭着屁股，满办公室乱窜。

　　靠姿色，她坐上了奥克兰有名贷款公司副总的位子。从大处着手，知人善任，她懂但做不到。权钱都是好东西，总怕哪个员工业绩好，抢了自己位置，这是她的心病。

　　每日例会，不抓大而管小。"上班就上班，不可太随便。"她指着部门经理，"几天不见人影的，你记了没有？" Mary 无语，嘴上不吭心里不服说："你知道了，为啥不处理？"

　　遇男客户来谈合同，"索菲亚，你忙去，这里有我呢！"索菲亚气得无语，心想："当老板的老截员工和，有毛病呀！"

　　周小结会上，她肝经火亢地把大家数落一番，员工们依旧我行我素。在月总结时，她又像农村寡妇，没完没了瞎扯，大家却各自打着肚皮官司。

　　年终考评结果一宣布，有位男士深感不公，突然发难道："傻妞，凭啥我们卖命你得乖？你个姑娘养的副总！"她怒火中烧："这是全年的考评。""晓得，是你这个脓包弄的，饭桶一个。拜拜了！"她傻眼了。又有一个声音传来："等着瞧，肥私损公非把公司整垮球了不可，看咋向你的洋人上司交代！"

　　由此，她担惊受怕，寝食不安，心魔在她胸间跳来跳去……

（2015 年 12 月第三届世界华文同题闪小说入选作品）

遗　爱

　　"亲爱的，你回来呀！"玛赛尔站在九十里海滩，对着海浪喊，眼前浮现出丈夫皮特健硕的身影、胳膊上的肌肉和棕红色的络腮胡子。点燃了她的懵情。

　　两年前一个傍晚，丈夫邀她来到九十里海滩。"是我让你心情沮丧。"皮特有气无力地说，"麦瑞的出现，让我失去了你。"

　　七年前，教堂奏响《婚礼进行曲》，玛赛尔要丈夫陪她去九十里海滩走走，以谢海浪。返回时，看到麦瑞远远眺望着他们，玛赛尔投去了幸福的笑靥。

　　一年后，儿子乔治的到来，丈夫忍受不了寂寞，背着妻子干柴烈火般找麦瑞燃情。五年后，麦瑞死于艾滋病。玛赛尔还陪皮特参加了她的葬礼。面对牧师，皮特突然痛哭流涕地向牧师忏悔，惊动了教堂里所有的人。从此，两人开始冷战。

　　"知道吗，玛赛尔？皮特患了肌肉萎缩症，已无法参加冲浪比赛了。"当教练的哥哥告诉她。

　　玛赛尔动了恻隐之心，再次邀请皮特来到九十里海滩，感动得皮特泪流满面："亲爱的，求你带好乔治，这是我唯一的……"她用手堵住他的嘴说："亲爱的，不会有事的。乔治还等着你教他冲浪呢！"说着，紧紧挽着皮特干瘦的胳膊。

　　送别了皮特，玛赛尔再也抑制不住悲痛，扑在床上放声大哭。整理遗物时，发现了遗书和银行卡。"我忏悔，求宽恕，否则，我会遗憾终身……卡里钱虽然不多，但它是冲浪比赛的奖金，留给你和儿子。"

　　玛赛尔含着泪水，又一次奔向九十里海滩……

（发表于 2015 年 9 月 22 日新西兰《先驱报》"第二届世界华文同题闪小说大展"专版。同时发表于 2015 年 9 月 25 日美国《明州时报》"第二届世界华文同题闪小说大展"专版）

评委会的评语:这篇闪小说内容丰富，构思精巧，在当下与过往中闪回，故事情节曲折多变。这里，有爱情、有婚外情、有亲情的多重奏，在情感的迷雾中，皮特的遗书，奏响了真爱的主旋律。

转　弯

　　过劳病倒的杨老弟终于出院了。

　　"怎么样？感觉好些了吗？"我见脸上失去血色的杨老弟慢腾腾走来，就关切地问。

　　杨老弟有气无力地回答，"还行，就是人有些犯困。"他站在楼门口，一手扶着门框，一手擦着头上渗出的细细汗珠。

　　"好好休息休息，恢复恢复就好了！"我无话找话关心地说。

　　"谢谢老领导的关怀。"

　　杨老弟是我们单位最年轻有为的领导，同事们都看好他是新一届的班长，可这一届的班长，美其名曰委以重任，要他管理单位最重要的部门，因为在此之前，这个岗位已经接二连三地免了三任领导，班子里都知道这个部门是烫手的山芋。可杨老弟清楚自己在领导班子里的地位，这个棘手的担子难道让年长的领导去接手？与其让第一把手安排自己，还不如自己主动请缨，这样还主动些，否则自己太被动。

　　担此重任刚刚两年，什么高血压、青光眼、心脏病纷纷袭来，不到半年，杨老弟就倒在了办公室，被人送进医院抢救。

　　出院后，妻子见他情绪低迷，便开车带他出去散心。

　　一路上，杨老弟只想着自己几年来为单位劳心劳力，这次病倒却仅换来"休息优抚"，第一把手连看都不来看一眼，令他心灰意冷，甚至悲愤不已，一下子失去了希望。

　　"注意，前方急转弯！"妻子一见警告标志，便放慢速度，提醒他扶好。

　　奇妙的是路两旁景色随着车子一次次转弯，峰回路转，竟然变得柳暗花明！杨老弟观察到每一次转弯后，都会有不同的风景。

　　"哦！原来是该转弯了，不是路到了尽头。"顿悟的杨老弟深情地对妻子说，"谢谢你提醒我，该愁得转弯了。"

　　妻子微笑着转过头，看了一他眼，好像自言自语，又好像是告诫他，"你正走在幽暗的窄道上，不要放弃希望，让心转弯，或许在下一个转弯处，迎接你的是壮阔的美景！"

　　杨老弟会意地笑了。

2013 年 9 月 1 日刊于《纽华文学》

生 存 智 慧

　　朋友皮特想请假，怕老板不同意，边走边告诫自己吸取前一个公司直来直去的教训，走进老板办公室。

　　"嗨！老板好，今天心情好吗？"皮特与老板打着招呼。

　　老板忙着刷屏，头也没抬。"很好，怎么啦？"

　　"如果心情好，我想说件事，如果心情不好，那就改天再说吧！"

　　老板觉得有趣，把手机放在桌上听他说完。假，自然就轻而易举被批准了。

　　同事斯蒂文，刚来没几天却连升三级。这时，同事们才发现他是个博士。

　　借上午茶，我向他讨教，他告诉了我一个秘密。斯蒂文七年前离开奥克兰，在英国读了两个硕士，又到美国读了博士。读博士一般都要到研究所或高校去工作，可他想进金融机构，都因学历太高，经历太丰富而未被录用。重返奥克兰，他只拿硕士证就被招进公司。没多长时间，老板发现他的潜质，提高了他的职位。不久，他用能力加博士学位在公司谋到了更高的职位。

　　皮特和史蒂文都是我的好朋友，他们都很会用"门槛效应"与"和为贵"的情商，达到了意想不到的效果。

　　一次，不经意聊到如今的就业与用人现实。皮特说，"放低身段是一种生存智慧，当你端起架子，别人不屑一顾；可当你谦卑温和时，别人反倒觉得你很有实力。"

　　史蒂文说，"低调做人是中国文化提倡的。先用实力证明自己，再用学识展示才能，必然成功！"

　　我从心里佩服他们。

2006 年 5 月 30 日刊于搜狐博客

趁火打劫

丈夫李强怀疑妻子小王有外遇，尾随着妻子，看看这么晚了她去找谁？

马三和牛四，从小是一对游手好闲、偷鸡摸狗的混混。今天下午，两个人一直蹲在过街天桥下，窥视行人，捕捉着有机可乘的对象。忽然，马三看见一个男人鬼鬼祟祟跟踪一个女人。心想，这么大年纪了才入这行？一看就是个蹩脚的新手。两个人一对视，悄悄跟在后头，要看个究竟。

妻子小王拐了个弯，进了"都市田园"——一家新落成的高档住宅区，与原单位的同事张宁约会。

张宁和小王走出小区，边走边聊，"有办法的走后门，人家投靠有钱单位去了，像咱们这些朝里无人的，只好团结起来，去找主管上级讨一个说法。"

小王问，"你电话里不是说还有几个同事要来吗，人呢？"

"他们正往这儿赶，现在不是到处都交通堵塞么。"

李强看到妻子小王和男人并肩窃窃私语，样子暧昧，醋劲儿一股一股直往上涌。

马三看到这般情景，不怀好意笑着说，"咱发财的机会来了！"

只见李强气壮如牛，一个箭步冲过去，把张宁打翻在地。

张宁被这突如其来的举动弄得不知所措。

妻子小王也惊呆了。

马三看到这里，手一挥说，"哥们儿上！"

李强和张宁扭打在一起，李强嘴里不停地说，"我让你个骚货勾引良家妇女！"

小王围绕着地上滚来滚去的两个男人转来转去，想拉开又不知道先拉哪一个，嘴里不停地喊道，"不要打了！不要打了！"

马三扑上去一个腿压一个，从腰间摸出一把水果刀，对着张宁吓唬说，"再反抗就划了你。"

张宁看到李强犹豫的眼神，突然一个反胳膊肘，几乎打得李强背过气。

见两个突如其来的年轻人加入打架斗殴，小王傻眼了，吓得她几乎瘫坐在地上。

"再反抗，就不客气了！"马三晃动着水果刀。

张宁还想反抗，但被牛四压得喘不过气来。

马三开始从张宁身上搜刮钱财，边掏口袋边调侃说，"就这么一点儿钱，还想睡女人，没想到你是个吝啬鬼。"

马三掏完口袋又说，"今天只是给你点记性，以后小心点！"话音未落，一个上勾拳，打得张宁昏了过去。

不等李强回应，马三和牛四起身对着李强笑了笑说，"这个奸夫抓得好，看他今后还敢不敢勾引良家妇女了。"说完，他们俩大摇大摆扬长而去。

妻子小王和李强莫名其妙地看着这俩货，一句话也说不出来。

2008 年 11 月 28 日刊于搜狐博客

短篇小说

短篇是作者出手最快、篇数最多的。《帆影》采撷，创作于新西兰。大批中国人海外留学、创业，带去了优秀的才能，也带去了民族基因的缺陷与糟粕。故事彰显了人类需要共进改良的理念。《青涩葡萄》一如既往地续写华人留学生多资浪漫的爱情；而《乐人》《冥媒》《杀猪匠》凄婉鲜活，是原生态下的民生写照；《蹭宴》则是北方 乡间，流水席上滑稽一景。

青涩葡萄

让凯文后悔的是，李毅出差不在奥克兰，借此机会约好了丽莎，长周末带她去葡萄酒庄，圆她一年前那个梦想。却因躺在床上看微信而错过了约会时间，失去了一次近距离、单独接触丽莎的极好机会。

凯文、李毅和丽莎是初中同班同学。凯文因为诗歌写得好，常常受到班主任兼语文老师的夸奖，同学都很羡慕他。李毅是凯文的跟屁虫，人家走到哪里，就跟到哪里。而丽莎喜欢凯文就不一样了。全班50多个同学中，多一半都是女生，丽莎成熟得比较早，加上特别注意打扮自己，所以赚了好多男生的回头率，可丽莎并不以为然。因为她只在乎凯文的目光，只要凯文看她一眼，这一天她就活泼阳光；如果收不到凯文的目光，这一天她就垂头丧气。

凯文急匆匆开车赶到丽莎的住处，跑上奥大研究生公寓二楼，透过落地窗看进去，室内空空，已经人去楼空了。他不死心，抱着一丝侥幸敲了敲门，没有反应，只好掏出手机拨通了丽莎电话却没人接听，发了短信也不回，微信留言不理，凯文只好打道回府。

丽莎一大早起来就洗漱打扮好，在宿舍左等右等不见凯文的人影，一气之下跑到图书馆，心神不定地拿着手里的书，眼睛却聚不了光，一会儿移到门口，一会儿又移到窗外，心里说不管他，可目光不停地搜索他的身影。这时，放在桌上的手机"轰隆隆"地震响，惊动了旁边一位金发女郎，她用眼神示意，快接听吧，不然会影响别人的。

凯文有气无力地从冰箱取出几天前买的三明治，放在微波炉热了一下，又在小碗里打了一个鸡蛋，用微波炉做成半生不熟的荷包蛋，坐在吧台椅上，如同嚼蜡地吃了起来。

吃着吃着，眼前有了幻觉……丽莎凑近李毅耳边大声说，"你真坏！说好了等人家的嘛，没想到那么不守信用？"站在一旁的凯文，肺都快气炸了。

凯文忽然又想起，一个男生抱起一个女生摘葡萄，然后两个人摔倒在地上，放进嘴里的葡萄青涩青涩的……从此开始了他的葡萄追梦。

丽莎那时是个爱玩的女生。哦，不止爱玩，还比较疯。凯文每天都会给她发短信，她总说正玩着呢。开心时，她讲话就像个顽皮的小男孩儿，还爱逗趣。凯文和丽莎有个共同承诺，睡前互相都会发一句 good night（晚安），哪怕是停机或者没了电，也都坚持不懈。

"叮咚"一声，手机屏闪烁了一下，凯文被拉回了现实"真是胡思乱想！"他一边嘟哝一边拿起手机，"哦哟，你终于出现了。"微信显示，"好残忍的家伙，我在图书馆门口等你。"

凯文扔下餐具，来不及涮洗就往外跑。

汽车在 skycity 停好后，凯文进了楼下的礼品店，想给丽莎选一个可心的礼物，以弥补自己的失约，见面也会有点新意，给她个惊喜嘛！看到各式各样琳琅满目的礼品，凯文却不晓得要买什么好了。

"Hello！"一位白净的洋妞导购小姐过来打招呼。

凯文本来不想睬她，但忽然感到，这个洋妞可能会给自己一点帮助的。

洋妞拿出来好几种礼品供凯文挑选，可凯文左瞅瞅右瞧瞧都不满意。他绕着礼品柜台转了一圈又一圈，突然被摆在角落里一只巴掌大的小绵羊吸引住了。凯文心头一喜"丽莎不是属羊的吗？哈哈……"笑声弄得洋妞不知发生了什么事。"就这个了！"他指着小羊，让洋妞包装起来。

可能因为刚刚下了阵雨，天空像被洗过似的格外湛蓝。水汽在阳光折射下形成了非常漂亮的彩虹，一直从奥大图书馆门口的草坪上弯弯向着天空塔曲射过去。

"你速度好快呀！"凯文见到丽莎时，她已经站在门口，彩虹贴在她脸上，像成熟的葡萄。"你又迟到了，我要惩罚你！"

"罚什么？一个吻可以吗？"凯文故意坏坏地问。

丽莎把头一歪，咬着嘴唇哼了一声，"想得美！"

"那我变个魔术给你看吧，如果你不喜欢就接着罚，怎么样？"凯文做了个鬼脸。

"好的，那就快点吧！"丽莎催促着，很是期待。

凯文却故意卖起了关子。"如果你很喜欢的话，可不可以吻我一下？"

"那，那要看你的表现啦，哈哈……"丽莎笑着说！"快点呀你！"

"你看，那边—"凯文指着天空中的彩虹叫着。丽莎回头的那一刻，凯文把礼物拿了出来放在背后。

"切！感情要我，看我怎么收拾你！"丽莎想冲过来挠凯文痒痒，她知道这是凯文的软肋，他最怕痒，只要同学在一起时她总这样"折磨"他。

"你看，这是什么？"在丽莎将要冲过来的刹那间，凯文把礼物亮了出来。

"是什么？"

"这是魔术，你猜猜看是啥东西？"

"你除了送笔记本、首饰、小玩具之类的还会送什么？"

"这次可别小看我。"

"那是什么，你不告诉我，我不会拆呀。"丽莎拿到礼物后马上拆。当看到一只黑不溜秋的小羊时，她一脸不高兴，"凯文，你很卑鄙！"话音未落，就举起小拳头向凯文砸过来。后来丽莎告诉凯文，实际上这是她收到最有创意的礼物，她很喜欢。

两人漫步在 Browns Bay 沙滩，海浪一会儿涌来，一会儿又退了回去，像凯文此时的心情，起伏不定。

丽莎倚在火山石堆砌的护堤上，海风轻抚着她娇嫩的脸庞。

凯文心里说，我就喜欢这样看着她，不带一点邪念。

"凯文，给我唱支歌，好吗？"丽莎看着凯文，眼睛瞪得很大。

"好的，就唱首周杰伦的吧，我模仿的特像哟。"

"真的还是假的？那你唱吧。"

"那就《青花瓷》吧。"凯文唱歌时，丽莎显得特别安静，但脸上有一种似笑非笑的表情。凯文唱歌总忘歌词，尤其在关键时刻。

"不好意思，忘词了。"凯文终于还是傻傻地说着。

"不错！"丽莎轻描淡写地吐出来两个字，就算回应了一下。

凯文理解丽莎，就像她唱歌一样，听歌非常讲究。后来，凯文把丽莎喜欢听的、唱的歌，全部下载到手机里。丽莎曾问他这是为什么，凯文回答说："听你听过的歌，听你唱过的歌，看你看过的风景，我就知道你内心的世界了。"

终于有一天，丽莎去了凯文的公司，对他从事葡萄酒推广业务想探个究竟。"你不是学这个专业的，咋能做到这一级？"丽莎拿起袖珍圣经般大小的精致镜框，里边镶着葡萄酒瓶模具的奖牌问。

凯文看了眼丽莎，不经意地告诉她，"爱好能成就职业。马云不就是最好的例子嘛！我虽然不是科班出身，但爱好超过自己的 IT 专业。一次偶然的机会，我进了葡萄酒推广公司，用自己一直喜欢葡萄酒的那点知识，从26 个竞争者中胜出。"

"你就这点令人特佩服。"丽莎不好意思扭过头，看着各式各样的葡萄酒模具，有些上边还刻着凯文的名字。

"告诉你吧，我用了不到三年时间，完成了酿酒本科的学业。什么分析化学、有机化学、植物生理学、生物化学、生物学、分子生物学、微生物学、葡萄品种学和栽培学、果实贮藏保鲜学、葡萄酒酿造学、葡萄酒鉴评学、葡萄酒工程学、葡萄酒庄园设想与治理、食品营养与卫生学、实用企业治理学、市场营销学等。只要喜欢，触类旁通。"

丽莎眼神里一丝钦佩闪过，凯文的应变能力让她羡慕，但又不愿太多流露，因为自己终归是一名博士。可当她看到办公桌旁那么多英文书籍，什么"酿酒葡萄培养与种植、葡萄酒酿造和品鉴、企业治理和市场营销、酿酒葡萄种植技术和原理、优良葡萄酒酿造艺术和科学、葡萄酒品鉴与欣赏、葡萄酒厂规划和设想、企业治理和产品营销理论"时，心想，凯文真是花了不少时间。这是她过去不曾见过的。丽莎不得不承认凯文还有另一面，而这一面仍然很优秀。

从公司出来，凯文陪丽莎逛 shopping mall，这是女人最喜欢去的地方之一，因为女人喜欢甜点和零嘴，丽莎更喜欢巧克力和红葡萄酒。这是丽莎出国读研养成的习惯，用她的话说，那是"杯酒人生，快乐无穷"呀！虽然读完硕士又读博士，八年来，这个爱好始终没变，也可能是受凯文喜欢葡萄酒的缘故。爱乌及屋吧！

两个人都有些饿了，就在酒吧要了套餐，每人一杯红葡萄酒。"我喜欢喝葡萄酒，是因为能给我一种与白酒完全不同的感受。"凯文端着红酒杯，看着丽莎优雅的举止。"嘿嘿，红酒是公主，你就是让我透过红酒看到的那位贵妇人。"丽莎放下酒杯，想了想说："贵妇人喝红酒有两种可能，一是遇到闹心事儿，借酒消愁；二是追求品质生活，借酒张扬。而我喝红酒，完全是为了寻找另外一种的感觉。"是什么感觉，丽莎没有详细说明，凯文也没有再去追究，因为他知道，现在的丽莎已经是今非昔比了，满腹经纶早就超越自己多少倍，这也是阻隔在他们之间一堵看不见的墙，成为这种青涩的不是恋情的恋情吧！

用完餐，丽莎提出要去凯文宿舍坐坐。正好长周末，租客们都出去旅行了，凯文住的整栋 house 里都没有人。

丽莎问："你睡哪儿？"

凯文说："睡楼上。"

丽莎看到凯文的床头摆着自己的照片，那是她高中时的大头贴。再就是满屋子的葡萄酒瓶、高脚杯的模具、招贴画。

"你怎么会有这张照片？"丽莎问。

凯文说，"一次和李毅在那儿拍大头贴时，无意中看到的，我就偷偷洗了一套出来。"

丽莎笑着说，"你呀，真傻！"

时至 3 月初，夏季虽然过去，可这天气仍然还很热，凯文一直记得那个承诺，待到葡萄成熟时，会带丽莎去那葡萄酒庄，让她深度了解新西兰的酒文化。丽莎前一段时间很忙，一直不好打扰，就没有联系。实在忍不住，凯文给她微信留言说，他很想她，迫不及待地想见她。她却说，自己利用业余时间报名参加了一项活动，腾不出时间见面。

自从失约那件事后，丽莎对凯文有些冷淡，好像彼此之间缺少了点什么。在这期间，凯文买了张电话卡，无聊地想捉弄一下丽莎，丽莎接到电话问："你是谁？"凯文试探说："我，我是你认识的一个朋友"。然后问了一些她对凯文看法之类的话。这件事，凯文只告诉过李毅一个人。丽莎知道后，特别生气，说凯文不信任她，凯文说只是开开玩笑，可她真的很生气，打电话不接，发短信不回，微信留言不理。这样的日子持续了好多天，后来凯文给丽莎发了条短信说，"丽莎，要是你不想和我说话，回个空白短信也好。"后来丽莎回了，真的是一条空白短信，什么字也没有。

凯文自作自受。

丽莎一直不肯见凯文。

凯文微信，"都过去这么长时间了，还那么大火气？"

丽莎微信，"我不喜欢被人怀疑。"

凯文微信，"我以后再也不会这样了。"

丽莎微信，"这是本质问题。"

后来李毅知道丽莎不肯见凯文，是因为他没有守住他和凯文的秘密，所以很热心地帮凯文说好话。

凯文不恨李毅，只恨自己幼稚和愚昧。

"凯文，你出来下吧！"李毅给凯文打电话说。

"什么事呀？"凯文问。

李毅回答，"我把丽莎叫出来了，你赶紧过来吧！"

"在哪儿？"凯文有些激动。

李毅说，"就在你公司门口旁边那个饭馆里。"

"好的，我马上过去。"凯文顾不上收拾就往楼下跑。

正午，天气闷得慌，丽莎穿了件白色的 T 恤和短牛仔裤，凯文看见她时，她正和李毅说着话。见面后，三个人去了海边的 Mikan。餐厅，丽莎要了一杯葡萄酒，凯文也要了一杯。

"你俩都点葡萄酒呀，呵呵！"李毅怪笑着说。

"谁和他一样，我就喜欢葡萄酒那种感觉。"丽莎翘着嘴角，不屑的看了李毅一眼。

凯文说："丽莎，我答应带你去葡萄酒庄的，现在葡萄刚好开始成熟了。"

丽莎问："在哪儿，远不？我是挺想去的。"

凯文说："那说好明天吧，明早我去接你。"

"好的，但这一次可不能失言哟。"丽莎回答很快，凯文有些吃惊，难道她不生气了？那就太好了。

"李毅，你也去吧！"丽莎看李毅的眼神有点怪，凯文没太在意。

"才不去呢，我不想做你们的电灯泡。"李毅一脸宁死不屈的样子。

"我们不强求你，哈哈……"说这话时，凯文以为和丽莎已经和好了，所以很开心。阳光虽然有点晒，但还能感觉到一丝丝凉意。

晚上，凯文想了很多，也计划了多个方案，一直兴奋得睡不着。早上醒来，看到一条微信，是丽莎的，说她今天去不了，中午有活动。看完微信，凯文像掉入悬崖，一下摔得粉身碎骨。因为订了位不好取消，只好自己开着车去了葡萄酒庄。凯文坐在酒庄给丽莎打了个电话，说这里很美，以后一起再来。丽莎回答说好的。其实丽莎也去了那葡萄酒庄，只不过是李毅带她去的。这事还是几年后，李毅酒喝高了告诉凯文的。凯文听完后，仿佛整个大脑都蒙了。李毅张着嘴，不停地念叨着，而凯文却什么也听不进。

凯文恨李毅，准备和他断交，可后来一想也没那个必要，毕竟是发小，友谊大半生了。

人有时候就这么下贱。凯文一气之下删了丽莎所有信息，还烧了她所有照片。可没过几天凯文又开始想她，又不停地关注她。整天都活在矛盾纠葛里，重复着想她和恨她的过程。凯文常常对自己说：从今天起，我要重新开始，忘记过去，可这今天不知更换了多少个昨天，第二天仍然由不得思念。

> 风儿被电线割断
> 鸣咽着边跌落边哀鸣
> 一片漆黑的森林
> 绿色的血正在变成精灵
> 生锈的太阳
> 无力托起地平线的彩虹
> 破裂的镜子
> 把影子分割扭曲变畸形
> 卷起的海报
> 印着失踪人的名和姓
> 空荡的邮箱
> 可听到百灵鸟的歌声
> 灵魂递向何处
> 寄去哪个落魄的痴情种
> 粗心的失约
> 悔恨交加伤了你的心情
> 爱神会叩门
> 等待如白绢清纯的虔诚
> 鬼魅的身影
> 萦绕脑际释放我的恋情
> 你躲着深爱的人
> 痛苦折磨着我的心灵

凯文忽然想起自己刚来奥克兰时曾写过关于丽莎的文章，翻箱倒柜找到往日的笔记本，看见五年前留下的文字。那是属于年少轻狂的文字，就像初生牛犊不怕虎；那是属于懵懂而青涩的文字，就像还未成熟的青葡萄。凯文笑了，这不就是青涩的爱情嘛！

……

2009 年 9 月 9 日。在 AUT 校园里，偶见一簇花，颜色很特别，白的像轻纱，感觉很熟悉，一时想不起来。我轻轻地漫步，试图去把握住那份感觉，微风像云一样飘着，带给我的是一种别样的味道。我闻了闻，一个面容浮现在我的脑际，很甜，甜的可不是味道。那是一段曾经的感情，朦胧的像有雾气的月儿一样，眼前的花儿不再是单调的花，有着幸福的色彩。好想告诉她我现在的感受，怀念，顺着花的气息在我的血液里肆意地流动着。没有告诉她，一直到现在，我想以后也不会，或许她能读懂我，或许有个人可以告诉她，但那并不重要，重要的是我现在很好，像家乡的绿茶一样，很清淡，却永远不会烦腻。

……

2008 年 5 月 5 日。往事如一幅幅画卷，在天空的上方不断地跳跃。我才知道，仰望天空是幸福的，谁说回忆寂寞，嗅觉可以清晰地记忆花的味道，有花的地方我会蓦然的回首，我知道她会在丛中笑。

好想听她的声音，好想看她再笑一次，不是为我，也不是为了沉浮的世界，仅仅为了花开的刹那。

一段路，我走的很慢，怕失去些什么，错过了一个机会，我不想再失去另一个奇迹。

很久没有这样被感动，你在哪儿？还在那葡萄架下淘气的等着我，还在那血红的铁锈门口等着我，还在那条熟悉的街道路边等着我？我来了，一个让我毕生值得怀念的人。

……

2007 年 6 月 6 日。秋雨又一次洗去尘埃，我踏着白沙像蛇一样地爬行，匆匆把记忆的浪花游走脑海，满身涂上黏贴的胶水，却怎么也留不住一点逝去的灰尘。

傍晚，海滩在单调的晚霞折射下，仍是那样迷人。黑了一边的月亮，有一双脚印，溢出了一只蝴蝶的影子，那是特别的一种蝴蝶，只有在她的双脚上可以看得到，但在银波的侵蚀下，忽然变得血红血红。

……

2006 那 2 月 2 日。不知道是羊的生日，我很天真地幻想着，以为等待公平的缘分也会降临到我的生活里，我失去了很多可以拾起的缘分，错过了可以把握的机会，可那机会像退去的潮水，低落的眼泪。

我在喧嚣的城市里，听不见自己的声音，我力竭嘶声地喊着、叫着，像林间鸟鸣那样清澈，好怀念少年纯真的年代，像你的笑容那样天真、灿烂。
……

凯文坐在电脑桌旁，一边笑一边看，"幼稚，真幼稚。"放下手里的笔记本，反而一切都释然了，现在的凯文，对李毅和丽莎谁也不恨，他们仍然还是很要好的朋友。

在 house 里无聊地踱来踱去，忽然想起，还有篇推广葡萄酒文化的文章没有修改完，就又坐在电脑前。

葡萄酒与酒文化

新西兰的葡萄酒，与这里的自然和人一样，纯净而朴实，与大千世界，始终保持着一点神秘的距离。新西兰澄澈的天空、纯净的海水和常年不化那剔透的冰山，造就了健康、天然的葡萄园，从种植到采收酿造，这里的酿酒师都保持着他们本质的淳朴和对自然的敬畏。

新西兰葡萄酒受到世人关注也只是这十几年间的事情，在葡萄果农、种植学家、本土和海外酿酒师的共同努力下，新西兰葡萄酒在世界上屡获殊荣。吸收了欧洲地中海沿岸葡萄酒国度经历史沉淀的传统精髓，融汇了岛国清新纯净的风土，新西兰葡萄酒口感繁复甘美，回味清冽悠长，深谙平衡的艺术。

新西兰酿葡萄酒的历史可追溯到 1836 年，一位英国移民藏着一枝葡萄苗准备侥幸过关。新西兰海关一位法籍检察官负责检查他入关。这位检察官在法国就是种植葡萄的老手，他像发现新大陆似的意外发现了装在长马靴里的葡萄枝。摇着头，没收了经过万里迢迢旅行的葡萄苗。英国移民无奈地看着他没收了，一脸惋惜。这位检察官把葡萄苗藏起来，没有上交，悄悄带回到奥克兰南区自己的家里，把这棵幼小的葡萄苗栽在院子里。没想到第二年就枝繁叶茂，而且还衍生出好几棵葡萄树来。第三年，近千平方米的院子里，几乎成了一个葡萄园。这位法籍检察官，辞了海关的公职，在家旁边购买了一块两公顷的土地，开始了葡萄种植。葡萄丰收了，他又考察了霍克湾地区，认为这个地区最适合葡萄生长。从此，大规模的葡萄种植让法国本土都望尘莫及。现存最老的葡萄园遗址位于新西兰霍克湾地区，1851 年建立。虽然具有悠久的历史，但新西兰葡萄酒的发展却受到了商业和流通的种种制约，成长得十分缓慢。这种缓慢从另一个方面来说也给了新西兰一个非常重要的积淀时间，所以才在20世纪60年代时得以迅速崛起，成为继奶制品、羊毛制品后另一个著名农产品。独具热情口感的新西兰长相思，和同样具备白葡萄酒特色的莎当妮和雷司令已经受到了世界味蕾的认同。除了白葡萄酒，近年来在优质品牌的阵线中涌现了不少佳作，赤霞珠和梅洛都有上佳表现，而黑皮诺的表现更是令新旧世界都不容小觑，近期不少顶尖厂商都在黑皮诺上取得了世界范围的口碑，初显征服四海、蜚声世界的能力。和澳洲一样，新西兰的葡萄酒也是由一些卓越的大品牌来领军的。除此之外，近年来新西兰葡萄酒行业涌现出很多耀眼的新星，于1985年建立于马尔波罗产区的云雾之湾酒庄就是个中翘楚。

新西兰的风土条件与栽培酿造方式，间接表明了这里的葡萄品种一定是以早熟葡萄为主。事实也证明，长相思、黑皮诺、雷司令这样的早熟葡萄品种在新西兰确实取得了极大的成功。但随着全球的变暖以及工艺水平的提高，类似于西拉这样的晚熟品种也在新西兰取得了不错的表现。

新西兰葡萄酒吸收了欧洲地中海沿岸葡萄酒国度经历史沉淀的传统精髓，融汇了岛国清新纯净的风土，口感繁复甘美，回味清冽悠长，成为一种文化，一种艺术。

凯文写到这里停下，站起身伸展两只胳膊，使快要麻木的手指头和腰缓解缓解。一阵睡意袭来，凯文一骨碌躺在床上，不一会儿就进入了梦乡。

李毅毕业后在奥克兰找了一家电子仪器公司，几乎天天出差，负责用户产品安装、调试工作。丽莎硕博连读拿到毕业证后，反而没有从事研究工作，而是成了一位 Agent 中介，据说在房地产干得风生水起。没多久，丽莎就结了婚，李毅参加了她的婚礼，凯文没有接到通知，所以没有去，事后电话里祝丽莎幸福，她说："谢谢你凯文，我们永远都是好朋友。"其实李毅和丽莎谈过一段时间，后来也分手了。具体什么情况不了解，因为在那之后，凯文再也没有见到她了……

"嘿，醒醒，凯文，"李毅扯着凯文的衣服说，"我先走啦，一会儿见！"

凯文揉揉眼，看见丽莎坐在旁边，她没有喝葡萄酒，也没有穿她那身白纱衣，脚上也没有蹬那双蝴蝶高跟鞋，脸上却多了些沧桑。哦，可不是吗，很多年过去了，大家都在变化着，可心底的那份情感却永远不会变。

在沉睡的那段时间，凯文梦见和丽莎一起在葡萄酒庄，丽莎穿着白色的裙子，脚蹬那双蝴蝶高跟鞋。这大概就是初恋的情结吧。醒来时，已经是下午五点了，周围空荡荡的，只见丽莎坐在客厅看电视，凯文问，"李毅呢？"

丽莎头都没回，"李毅把你送到这儿就走了，说是突然有事，叫我先照顾着你。"说完丽莎才放下手机。"只知道葡萄酒有两种，一种是红葡萄酒，一种是白葡萄酒。听说红葡萄酒还分好几种？"

凯文说，"虽然都是红葡萄酒，但不同的葡萄品种会酿造出不同口感的葡萄酒来。"凯文拿过来一个模具，"葡萄酒在酿造工艺上可分为静态普通酒、动态葡萄酒、加烈葡萄酒、加味葡萄酒。"

"哎，哎哎，谁要听那么专业的名词？"丽莎打断凯文的话问，"那，现在越来越少见有用软木塞瓶盖了，会不会影响酒的质量？"

"哦……用软木塞或旋盖封存都应该是没问题的，不会说某个葡萄品种不可以用旋盖封存，也不会去强调软木塞可以让这个葡萄品种酿造的葡萄酒存储年限延长，品质更好。"凯文回答道。"其实不同酿造方式的酒用软木塞或是旋盖封存并不会在根本上改变酒的品质，也没有任何国家的原产区法令对应用软木塞或是旋盖封存做出限制。"凯文补充道。

丽莎觉得话不投机，又拿起手机，开始刷屏。

"哎，明天你想去哪儿玩？"凯文没话找话，还想尽地主之谊。

丽莎仍然在看电视，"好，给你一次权力。你做主吧！"

"那就明天吧，咱们尝尝那些好吃的。"凯文傻傻笑着，又问"以后打算怎么办？"

"不知道，或许回老家吧，或许和你们一起在新西兰闯一闯。"说这话的时候，丽莎笑得很勉强。

凯文知道她强忍着。"在奥克兰也好，大伙儿还可以像以前一样出来喝喝酒聊聊天。"

"凯文，对不起，以前是我伤害了你，我不该那样对你。"丽莎低下头。

"没事，早忘了，你看我们现在不还是好朋友吗？你想多了。"凯文反而给丽莎宽心。

"你真是个好人。"

"好人？好人有我这样的吗？哈哈！"

第二天，凯文请了假，和丽莎一起去了皇后大街，晚上又去了Dominion Rd小吃街，享受了一顿上海饭菜。整整一天，凯文见丽莎笑得很开心，好像又回到了那段无忧无虑的年代。

李毅从南岛出差回到奥克兰，凯文约了丽莎，为李毅接风洗尘，三个人又聚了一次。席间，丽莎兴奋地告诉他们俩，她首轮入围了，一周后要去葡萄酒庄选拔，看能不能找些朋友投投票，因为主办方要看投票多少，以人气作参考来排名次，前35名进入下一轮淘汰赛，希望他们俩去捧场。

这突如其来的消息，惊讶得凯文半天说不出一句话来。李毅跳起来，"好哇！这有啥难的？"拿起手机就给朋友圈发微信，请大家帮忙投票。

凯文对着手机说："……我的小妹，是的，入围了，对，关键是想进入下一轮，对，对。什么？"他转过头问："丽莎，你参加的是不是《中国好声音》第四季新西兰招募站那个选拔赛？"

丽莎美滋滋地点点头。

"哦，对对对，是，是《中国好声音》。那就拜托了。"凯文收起手机，脸上开了花似地说："我一铁哥们，他朋友圈有200多，保证没问题。"

一周后的22日，风和日丽，凯文开着大奔，李毅陪同丽莎，三个人一路春风一路歌，不到半个小时就到了奥克兰北部的Matakana小镇。举办方在道路两旁放置了醒目的指示牌，大奔很快就驶进了Ascension葡萄酒庄。

李毅说："哇，原来在这里举行复赛呀！我告诉你们哟，这个葡萄酒庄可有一款非常著名、非常好喝的Pinofage的Bell Ringer品牌，听说接待中国国家领导人来访时，也选中了这个品牌。"

"哎，人一狂妄就容易'班门弄斧'！"丽莎说着，看了李毅一眼，又扭过头看了看凯文。

"Bell Ringer就是好喝。我每年都要来酒庄采购，家里经常喝的，招待朋友的，都是这个品牌。我好几位朋友也成了Bell Ringer的忠实粉丝！"凯文边说边找车位。偌大的停车场，已经停满了一辆辆豪华的轿车。

穿过Ascension葡萄酒庄欧式建筑的大门，过厅两旁赤裸着各式各样的葡萄酒品牌，格外诱人，让人目不暇接。

多功能厅里已经是人头攒动，选手们花枝招展。调音师摆弄着扩音器，声音一会儿大一会儿小，充满欢乐的气氛。

丽莎被一位礼仪小姐引导着，走进了旁边的房间去准备。

凯文给每人买了一箱Bell Ringer，和李毅把三箱子葡萄酒搬进大奔的后备箱，然后坐在酒庄露天的大院子里，每人又要了一杯Bell Ringr红酒，一边品尝，一边欣赏装饰一新的葡萄酒庄。

葡萄酒庄占地面积不小，露天的院内可容纳二三百人同时用餐。漂亮的法式服务女郎，轻盈盈的身影在酒桌中间飘来穿去，让人品味着美酒，欣赏着美女，非常惬意。"别看了，人家女郎会不高兴的。"凯文说着站起身，指着起伏的山昂说，"多美呀！"

美丽夺目的葡萄园依起伏的坡地而建，满目苍翠地铺陈在"酒庄城堡"一侧，悠然掀起了绿色的波浪。这里受太平洋暖流影响，形成了冬暖夏凉、冬春多雨、夏季干燥的独特海洋性气候。所以酿造出的葡萄架格外有一种浓郁醇厚的味道。"你闻，这空气里都是酒味儿。酒不醉人人自醉，到这里来咋能不醉嘛！"凯文感慨道。李毅举目望远，白纱遮盖的行行葡萄架，在阳光下像一排排列队的少女，羞答答浣溪出阁，接受宾客们的检阅。凯文和李毅把漫山遍野的葡萄园上上下下转了一圈，发现每一行葡萄架上都是累累果实，既有红葡萄、白葡萄，还有紫葡萄，让人流连忘返。

凯文和李毅漫步在葡萄园里，诱人的果香，弄得李毅忍不住顺手摘下一颗白葡萄放进嘴里，甜甜的白葡萄，却充满一种难以启齿的酸涩味儿。凯文看在眼里，记在心里，也像吃了颗酸涩的青葡萄似的，感同身受，难以言状。

一阵欢快的音乐声，把凯文和李毅引进了葡萄酒庄多功能厅，只见丽莎已经在旁边候台。

"下一位是丽莎小姐，她是一位医学博士，从小喜欢歌唱，在声乐艺术领域也很有建树。她今天带来的参赛歌曲是—有请丽莎小姐。"主持人介绍道。

凯文是第一次看到丽莎站在正规舞台上，让他惊讶的是，她像变了一个人似的，亭亭玉立，落落大方，不愧是读了20年书的人，不愧是一位博士，气质不凡，修养与成熟集于一身。

"我今天给大家带来的歌曲是《吐鲁番的葡萄熟了》，希望大家喜欢。"

掌声中，凯文和李毅的巴掌拍得最响。

丽莎纯正的女低音，仿佛关牧村再现。声音经过扩音器放大，悠扬而甜美的歌声，溢出了葡萄酒庄，在南太平洋上空升腾、飞旋。

（2015年11月15日"新西兰爱圣·醇葡萄酒征文"，获短篇小说三等奖）

乐　人

说好在宋岩子村集中。

不一会儿，邻村李家湾拉弦索的猫娃儿，王三庄敲干鼓的长顺，村北头操铜器的郭鹏都来了。

宋二能对着手机喊道："师傅，人都到齐咧！"

老宋骑着电动摩托来了，见着几个伙计说："今儿个是刘老汉三周年，老汉生前人缘好，为人厚道，两儿子对老人挺孝顺，咱可要给点力，也算对得起刘老先生！"，"好咧，目标刘家沟，走起—"年轻后生宋二能把装唢呐、胡琴的肩包往身后一撂，屁股下的轻骑"呼噜"一声就蹿了出去。

老宋头卸任村支书后，又重操旧业吹起了唢呐，还被大家推举成了"乐人"头儿，十里八乡谁家有个红白喜事都寻他们。因这拨子乐人硬邦、口碑好，别看这营生名声不好听，可谁家也离不了。老宋一年到头东跑西颠，整年忙不失闲，不是为人送葬，就是为人嫁娶，要么就是村镇里有啥活动。老宋还给"乐人"班，立了个不成文的规矩，只要逢年过节，或者庙会，乐人班轮流给村里和邻村的乡党们举行演奏会，把这看成是活跃乡亲们的文化生活。

最近，宋岩子村里刮起一股风，说老宋年轻的时候很风流，在川道上的西张村给张家吹丧，人群里有个五官、身材都姣好的女娃，眼睛一直围着他转，让他得意扬扬。唢呐吹到大半夜，人群几乎都散去了，唯独那女娃一直坚持，没有离开的意思，让他很是动情，趁半夜主儿给乐人喝汤（夜宵）的功夫，他借个因因（理由）儿，寻女娃搭讪，两人相见恨晚。从此，老宋常常以"出工"为名，悄悄幽会那女娃，时间一长，外面就有了传言。

谁说的？是库老汉遍闲（xian）传时说的。

秋冬农闲，乡亲们没事干，为了消磨时间，大伙儿围住库老汉，听他绘声绘色说段子。当遍到老宋年轻时的风流韵事，说得那是有鼻子有眼儿，就跟他在旁边看见了似的。

"那年冬天，雪片子像鹅毛，纷纷扬扬，老宋跟母亲惜怪卖慌，登上脚踏车出了门，一看雪太大，矩回身拿雨衣裹在身上，冒雪去跟那女娃幽会，结果被人看见了，那不是宋师吗，又到川道泡如儿来咧，你以为用雨衣裹得严严实实就没人认出了？"库老汉笑着说。

宋二能没有觉得多好笑，就说，"库叔，人家那叫自由恋爱，有啥大惊小怪的。"

人怕出名，猪怕壮。库老汉这一遍，再有好事的人又一讹传，一传十，十传百的越传越邪乎，没料想这倒成就了老宋。"泡如儿"的老宋，声名更加远扬了。

只要谁家过事赶上喝酒，就有人借着酒兴儿挤兑老宋，问他有没有这事儿。老宋倒也不急，该叫哥的照样儿叫哥，该叫叔的仍然叫叔，礼节丝毫不差。如果有人问急了，老宋就笑着说，"咸吃萝卜淡操心，咱们可是好乡亲；天上下雨地下流，啥事儿轮到你出头？"老宋不愧是个有名儿的乐人，合辙押韵的酸句，那是一套一套的，跟他比嘴皮子，那是没事自找没趣儿。

老宋只要有空儿，就拿出这双跟了自己大半辈子油光锃亮的唢呐，边擦边给儿子小红念叨："红木的杆子，白铜木的芯儿，芦苇的哨子，黄铜碗儿的音，吹奏的曲调，让人听着很过瘾。"然后用手掂量着说，"这两把唢呐，都是上好的材料呀。当年你太爷传给我时就嘱咐，乐人要有德行，千万不能见利忘义。该帮人时一分不取，不该吹时给再多钱都不去，这是做乐人的底线。以后你要是喜欢，我就把这门手艺也传给你，但不能忘了这个规矩，不能毁了这个名声！"

儿子小红似懂非懂地点点头。

老宋深知干这个行当让人瞧不起，因为乡下人把从事这个行当的人都叫"鬼娃子"，用现代文明的词儿那叫"乐人"。所以，老宋千方百计地寻找依据，只要有机会就翻书看报，终于看到了有"丧葬文化"这个说法，证明这个行当是生活中，人们不可或缺的一种寄托形式，也是民风民俗中一种文化娱乐。

"虽说这个行当不中听，可这个行当还是很有历史渊源的，祖宗可以追溯到唐明皇时期。那个时候，盛唐宫廷里有个专门负责祭祀、礼宾活动的官儿叫李龟年，官至三品呢。李龟年麾下有一个庞大的乐人团，分礼宾、艺技队、戏曲、丧葬班等等，人数最多时有近千之众。宫廷里这种祭祀、礼宾活动传到民间，人们把凡是吹吹打打的人，都用李龟年的名字代替了那复杂的称谓，简称为'乐人'。"老宋忙里偷闲看了不少书，为自己干这一行找到了出处，也就不觉得怎么丢人了。

二能和小红、谷娃儿、大仓几个伙伴，没事干了喜欢凑在老宋身边，听宋老爹说古道今。

老宋看着这些似懂非懂的娃儿们说："自古以来，乡村的祭祀、礼宾活动，从来都没缺少过这种'乐人'。当然，坊间没有那么复杂的分设，一般都是由几个乐人临时搭个班子，啥活动都接。如今，人们的文明程度都提高了，这种营生也被尊称为'乐人'。不过婚事为喜，称为礼宾乐人，而丧事为悲，就变成了驱鬼人，俗称'鬼（龟）娃子'了。"

二能忍不住乐了，问："老叔，那为啥有人还叫'门上的'呢？"

"哦，对，对对对，一般人把'龟娃子'都叫'门上的'，原因简单得很。这种行当一般都是坐在大门外吹拉弹唱的，所以就成了'门上的'，这种差事不能登大雅之堂么。"老宋笑着说。

二能和伙伴们也笑了，不知是笑这个行当，还是笑人间世故呢！

别看老宋唢呐吹得好，要不是遇上红白事儿，平时一般人还真难听得到，其实不是他不想吹，而是老婆王春花不让。

王春花不是本地人，黄河发水灾闹饥荒的年月，她跟着家人从河南逃荒来到这关中道上扎下的，听说王春华来的时候，他爹挑个担子，一头是她大姐一头就是她，她妈和她大哥在后面跟着。

王家辗转了几个村，最后能在宋岩子村落脚，能住在村南头宋家废弃的两口破窑洞里，全凭着春花爹跟宋老爷子脾气相投，聊得来又肯帮忙。

宋老爷子解放初是村支书，在村里德高望重，平时不轻易发话，只要他老人家开口，那说句话的份量，能把窑洞格子窗上糊的白纸戳个窟窿。春花爹清楚，自家的二闺女跟宋家那小子私下相好的事儿，担心生米做成熟饭，就主动与宋老爷子套近乎，急着结成对头亲家。春花成了宋家的儿媳妇，那些闲言碎语也就不攻自破咧！

王春花人很能干，没几年就把家里家外拾掇得像个样儿了。可有一样没变，王家二姑娘的脾气秉性随她爹，虽说是一个农家妇女，却看不起那些下九流的东西，对老头子干乐人这一行很不乐意。但又陶醉老头子吹唢呐的样子，没办法，家里头老的老小的小，赶上粮食歉收，两大家子十几口人多少张嘴，吃的喝的都得靠老宋"赶场"往回挣。为了生计，王春花也就忍了，忍是忍，就是绝不让老宋在家里头吹，她嫌晦气。

有一回，老宋酒喝高了点，一脸兴奋，儿子宋小红和隔壁的谷儿正好放学回来，看老爹挺乐呵，就央求他吹唢。儿子喜欢听，当爹的当然高兴了，乘着酒兴儿，把两个油光锃亮的黄铜唢呐，一齐放在嘴里，双吹他最喜欢的《黄土情》，那一声长调之后的慢板，能把人带进黄土地的历史中，能把人带到黄土地所特有的环境氛围中。之后又用西北民歌上下句对应的和声，使用单吹、双吹，变化多端，在娴熟而又轻松的吹奏中，显得那样自信，采用单吐、双吐，把黄土高坡独有的人声、风声、鸟鸣声融入其中，使唢呐乐更具鲜明的西北特色。那曲调质朴，深情，包含了老宋对家乡的热爱和依恋之情，吹得他如痴如醉。老宋一嘴吹俩唢呐的本事，这方圆几十里还真找不出第二个人来。

儿子随着唢呐声不停地扭来扭去，更加刺激了老宋，也使他精神更加亢奋，鼓起了腮帮子，眯着小眼睛，在自我陶醉。老宋虽说平时话不多，人长得又不怎么出众，可吹起唢呐来跟变了个人似的，儿子就喜欢老爸吹唢呐那神气样儿，真是太惬意了！

正当老宋把这首荡气回肠的曲子吹到兴处，王春花回来了，她一进门就开骂："死人咧咋的，你吹这玩意儿？再吹，看老娘不把你那破喇叭砸喽！"

吹唢呐跟喝酒一样，半截腰上被人拦住，那滋味儿很难受。

老宋也急了："妈的，老子给你吹的咋不行？这玩意儿咋你了？这玩意儿不是养活了你们老王一大家子，这玩意儿比你们家祖宗强百……"一边骂，一边抄起桌子上的酒碗狠狠砸在地上，碎碗碴子蹦起老高。他夹着唢呐，背着手愤愤地摔门而去。

谷娃儿吓了一跳，扭头跑出了宋家院子。

老宋第一次发这么大的脾气，让王春花多少有些吃惊，两口子这么多年，不管平时遇上啥事儿，自家老汉总是乐呵呵的，极少见他急眼儿。

王春花呆了半响，才边哭边收拾地上的碎碗碴子。

宋小红拿着笤帚帮妈妈打扫，嘴里却嘟嘟囔囔："妈，我爸那唢呐吹得多好听，我们老师都夸呢。"

"你这患娃子，别跟俺添烦！告诉你啊，你要敢跟你爸学那玩意儿，看老娘不把你胳膊打折!"王春花就怕儿子走上"龟娃子"这条道,打儿子记事起,她就给宋小红订了规矩,"长大了,要进城当官儿,千万不能学你爸当一辈子龟娃子!"

这也难怪王春花,她爹就是这么看的,别说两家结成连理,那可是一码归一码,自家姑爷脾气好能养家是个理儿,可从事这个行当,王老爷子觉得丢人现眼,他老人家常说,这"龟娃子"嘛,跟屠夫没啥两样,祖上要是有人干这个,子孙后代几辈子都抬不起头。王老爷子不止一次劝姑爷说,"哪怕种地受点儿累,也别去干这个了。"

老宋每次听后都笑呵呵地说,"爹,你放心,咱凭良心,也不是谁想请就能请得动的,主儿家不好,我也不去。"

王老爷子看姑爷这样死心塌地的也就不再劝了,自己总归是丈人,跟姑爷闹翻了脸,受罪的是自家闺女,犯不上。不过,王老爷子也知道,姑爷说的不是假话。本村谁家要是有了红白事,来请他去吹唢呐,那也是说得过去的人家,如果这家人在村里尽招人嫌,他绝对不去,报酬再高也不去。

北头四组的库老汉仗着自己有四个儿子,遇事蛮横不讲理,成天游手好闲,滋事打架,库老汉从来不管,结果大儿子强奸杀人,犯法判了个死刑。库老汉给儿子收尸后,想在村头办丧事时,让库老二挨家挨户请人,唯独请老宋时,库老汉亲自出马。

老宋咳嗽了两声说,"老库哪,我这两天支气管发炎,说话都费劲儿,真吹不了唢呐,你还是去请别的乐人吧!"不管库老汉咋央求,老宋就是咬住支气管不好,到底儿还是没去。

最后只去了门中几个人,草草把人埋了。

说来也巧,没过两天,老张当武警的儿子张小兵回来结婚。这孩子是老宋看着长大的,从小是个仁相,警官学校毕业后,在部队不几年就当了中队长,这次返乡结婚,武警部队一位支队政委出差顺路前来参加婚礼,县武装部黄毅政委,副县长强涛两位县领导特地来陪同。

张小兵在抗洪救灾中舍生忘死,救了五个被困的村民,自己却被石头砸成重伤,险些丢了性命,经过抢救恢复了健康,武警部队给他记了个二等功,成为全国武警官兵学习的榜样。

参加张小兵的婚礼,老宋特地换了身衣裳,叫上那班兄弟伙计,拿着长枪短炮和弦索,早早就来了,老宋连屋都没进,就和二能站在院子先吹了起来。

村里帮忙的小伙子、姑娘们见了老宋就咋呼开咧，"快看，快看，老宋叔吹唢呐来啦！"

老宋嘴上挂了两个唢呐，用单吹、双吹的技巧，完成了一首唢呐曲《挂红灯》，把喜庆热闹的场面推向了高潮。

《挂红灯》是根据陕北民歌舞《挂红灯》改编的唢呐曲。

> 正月那个里来是新年，
> 大红的灯笼挂在门前，
> 风吹那灯笼呼啦啦转，
> 我和那三哥过呀新年。
> 咳……
> 红花花红，绿个个菌，
> 张生你哟，
> 你是妹妹小情人……

高亢、喜庆的唢呐声，惊动了前来祝福的这位支队政委，在县武装部黄毅政委、强涛副县长陪同下，一齐涌出来看热闹。

一曲吹罢，张小兵赶忙给老宋叔敬了个军礼，"宋叔，您也来啦！快进屋喝口水。"转过身又介绍说"政委，这是我宋叔，是我们这里最有名的唢呐手。"

支队政委握着老宋的手说，"老宋同志，没想到在张小兵同志家，我有幸看到了你这样的民乐大师，吹的那个味儿呀，不亚于唢呐演奏家商清秀。"支队政委忽然问道"商清秀，商清秀这个人你知道吗？他创作的《千里里的雷声，万里里的闪》很好听哟。"

老宋不好意思地摇摇头。

强涛副县长凑过来笑着，"在我们县上呀，老宋吹唢呐那可是属于非物质文化遗产哟。"

支队政委点点头，"噢，不过，我可没有见过商清秀一嘴吹两个唢呐呀！"他转过身伸出大拇指笑着说，"你们这个乐队，你们这个乐队都很棒啊！"

老宋有些拘束地说，"我，我就是喜爱，哥儿几个也是喜爱而已。"

老张头脸上开了花似的，他在一旁调侃说："兄弟，平时不是一套一套的吗，今儿个这是咋地啦，没词儿了？"

"建设哥，今天是看在我侄子面儿上，为咱子弟兵献上几曲，没你什么事儿，一边去。别看现在蹦得欢，小心回头拉清单！"老宋笑着又来了。

整个上午，老宋的唢呐声几乎没断。

别人不知道，本村人可清楚。这么多年，老宋破天荒一次吹了这么多曲子，什么《好汉歌》《黄河情》《士兵花儿》《百鸟朝凤》《秦腔曲牌》，二能带的这帮子管乐伙计更是卖力，他们与老宋配合默契，演奏掀起的热潮一浪又一浪，围观的人也越来越多，方圆几十里的村民都赶来了，挤得老张家六大间院子水泄不通，还把门口几十米的村道都挤满了。

按老宋的脾气，往常一般最多也不过三五曲就对付了，可今天的劲头让人刮目相看，老张头知道这是老宋给撑面子。吃饭的时候，把这事儿跟儿子说了，张小兵和媳妇不但给老宋敬了酒，支队政委还和老宋连喝了两杯，与宋二能等这些乐人班子喝了几个来回，酒喝高了，你看那车结辘子话说个没完，个个兴奋得溢于言表。

婚礼简朴而热烈，支队政委举起酒杯说，"我这次来，一来是给乡亲们报个喜，张小兵同志是好样的；二来是祝福二位新人幸福美满；三是听到这声声唢呐，让人陶醉，从这热情洋溢的声乐中，我强烈地感受到了乡亲们对子弟兵的深情与爱戴呀！"

支队政委的热情鼓励，乡亲们的热烈掌声，又一次激发了老宋，一曲《乡情》又深情地响了起来……

如今，农民由温饱走向小康，日子越过越好，可就是缺少文化生活，缺少精神慰藉。乡间举行的红白喜事，就成了村民们娱乐的主要形式，不管谁家有事，大家奔走相告就往谁家挤，主办家儿觉得人越多，自己越有面子，其实乡党们为的就是看个热闹。

"过去给人家吹，遇上个不咋样的主家，不但克扣钱款，有时还得受饥挨骂。如今好了，钱多少已经不是主要的了，只要能给大伙儿带来快乐就行。"遇到有人夸时，老宋总是这样表白自己。过去，老宋吹唢呐是为了全家糊口的营生，现在，老宋吹唢呐却当成了娱乐乡党的义务。

懂行的人家知道乐人这行也有道道。要是给的酬金太少，乐人一气之下把调调变了，那会犯大忌的。比如，白事时会给人家吹奏喜庆的，红事时会给人家吹奏悲戚的，不过这等损招，老宋可从来都没干过，老宋有自己的追求和价值，用他的话说，"干哪行，有哪行的规矩，乐人也要有德性。"

近些年，老宋渐渐上了年岁，有些长曲子吹着也费劲儿了，加上体质下降，所以很少"出山"，但老宋却比过去乐呵了。儿子宋小红大专毕业后分配到县城工作，说是什么部门的办公室秘书。儿子到底干些啥，老宋也不懂，也不问，反正看儿子很有出息，觉着自家也出了个吃公饭的，能不高兴嘛！

有时候，老宋跟老伴念叨，"老婆子，要是你爹还活着那该多高兴呀，看咱老宋家祖坟也冒青烟了！"老伴每次都不屑地啐他，"那也不是你的功劳，一个吹唢呐的，还觉着能教育出啥好娃咧！要不是俺横扒竖挡，儿子能有这出息？"为了不让儿子学吹唢呐，老两口吵了大半辈子，老宋不跟她一般见识。

儿子宋小红的性格随他妈，属于那种看着绵软，实际上是个很有心眼儿的主儿，这些都是儿子从小跟着爸爸转悠，学会了察言观色，他慢慢懂得，爸爸干的就是这种看人脸色的营生，儿子多少受到些影响。

如今，儿子顺了母亲的心，进城不几年就当了个副股长，大小也算是个官儿，王春花高兴得光往人面面上站，那趾高气扬的样子，走起路来脚下都像生了风似的。

县城距离宋岩子村三十来里路，老宋搭车去过几次儿子的办公室，每次都见儿子忙活得不停点儿，看在眼里喜在心上。可从今冬开始，老宋怎么也高兴不起来，因为去冬今春以来，老天爷几乎没有下过雨雪，地里墒情不好，

自己家的五六亩地，麦苗儿大部分都发黄了，减产已成定局。不光自家麦苗儿这样，全村旱情都很严重，老张头承包的那一百多亩，把老张头愁得满嘴大泡小泡的。地少的人家，还能靠人挑车拉去浇地，可老张头的地太多，根本浇不过来。都是老庄户把式，大伙儿心里都明白，今年恐怕连种子钱都卖不回来了。

听嫁到邻村的女子回门说："县上根据旱情发放救济款，俺家就得了两千多块的补贴。咱们村旱情这么严重，咋就没见救济款？"

老宋意识到这是人家女子给自己递话儿呢，还专门上了趟县上找儿子，让他寻县里有关部门问问，咱们村有没有救济款的份，能不能也补贴补贴靠天吃饭的乡亲们，让全村三百多户人家度过这个年景。

开始，儿子还说试试，可就是迟迟不见动静，后来干脆一听老爸提这个话题就发火："咱家的事儿我去办，别人家的事儿，你就别跟着瞎操心了。"

"啥叫瞎操心？我就知道电视里讲，各级政府要全心全意为人民服务，

感情我们这些农民汗珠子摔八瓣儿，没黑没白的种地，竟养活了你们这些狗屁官儿？你没听听大家说你们啥？说你们这些当官儿的，整天吃黄豆拉白屎—不干人事儿！"对儿子的说辞，老宋很不满意。

"爸，你少掺和败坏干部的名声，这可是诽谤罪，要负法律责任的。像我这样的干部，每年下乡时间都在四个月以上，你知道我们多辛苦吗？在这次党的群众路线教育实践活动中，我们县是第一批，而且在贯彻落实中央八项规定中，取得了许多可喜的成果，我们县的工作很出色，连市里领导都表扬呢！"儿子振振有词。

"啥？市里，市里哪个领导没长眼还夸你们？我不信那位领导这样没脑子，你们嘴唇上下一碰，满嘴胡咧咧人家就信？你们这些干部整天只会耍嘴皮子，一点实事都看不到，我只知道高速路都是国家拿钱修的，这些年你们县上修哪条路了？我就见你一年比一年胖了！"老宋跟儿子较真儿。

宋小红自个掏出烟卷，嘴里嘟囔着，"说了你也不懂，不想跟你细理论。"深深地吸了一口烟，把话题一转说，"我看呀，你跟我妈也别种地了，这几年，我拿回来的难道还不够你们二老用的？我想好了，单位正在盖集资房，我多要了一套，回头你们搬县里住得了。"

"啥，我让你往回倒腾东西了？趁早拿走，老子不稀罕！"老宋真的急了。"上县城住？你妈要去让她去，老子才不去呢！日子要是真的过不下去了，老子还去当乐人，给人家吹唢呐去！"

这两年，就儿子的一些事情村里嚼舌头的人不少。刚参加工作那会儿，本村人去找宋小红办事，这小子还算热情，可时间一长，这小子就不行了，应承好的事就是不见结果，明白点的给小红口袋里塞上几张红毛，事儿办得就顺利。

老张头是军属，本该享受军属补贴扶助政策的，按正常程序也应该给办。老张头有困难，实在迈不过去这个坎儿了，就去找强副县长，强副县长又把他打发到宋小红那儿。宋小红虽然热情接待，红口白牙说得好听，就是拖着没办。老张头没辙了，就给儿子打电话说了这个事情的来龙去脉，还是张小兵给武装部黄毅政委打了电话，才把事情给解决了。这么一来，老张头对宋小红的意见大了去，连见了老宋头都带答不理的，加上村里人添油加醋地说三道四，让老宋头这脸火辣辣的，喝了闷酒就数落老伴，埋怨她把儿子给惯瞎（ha）了。

逢年过节，宋小红往家里拿回来不少东西，吃的穿的用的样样都有。

金龙鱼油好几桶还藏在门房，儿子还解释说，这是国家干部应该享受的待遇。

老宋头过去只是听说没见过，可现在实实在在看到了。开始他还挺高兴，心想乡下人逢年过节走亲戚还得带点礼，何况儿子是国家干部，拿回来点东西不为过，可这不年不节的，儿子隔三差五还往回拿，就觉着不对劲儿了。有一次，老宋头见东西太多，就让儿子分给岳父家一些，儿子还没吭气，老婆子却说："送去不少咧。"老宋头这才恍然大悟，为这事儿，狠狠教训了儿子一顿，并提醒宋小红："要想当好官，手莫伸心不贪，勤劳又勤勉，对镜子整衣冠。"弄得父子俩不欢而散，破天荒还跟老婆子大吵一番。

儿大不由爷。老宋头看儿子和老婆子一条心，劝也不听，索性也就不再多说，只是以往脸上的微笑日渐减少，却多了些长吁短叹。

一大早，老宋头拾掇完碾麦场往回走，巧遇儿子也回来了，爷儿俩照面儿时，老宋头只当没看见，自顾个儿往屋里走。

"爸，您跟我说的事儿办成了，是强涛副县长给批的，咱村救济款的事儿落实了。"儿子跟在老爸后头，边走边说。

"是真的？"老宋头猛然回身站住，儿子差点和他撞上。

"那还能有假？我替村里打了报告，您看看，这是强涛副县长亲自批的，还表扬您哪。"儿子从口袋里拿出两页纸。

老宋头一怔："表扬我，为啥？"

"强涛副县长说，村里有您这么一位关心群众的老支书，县上应该大张旗鼓宣传呀。"儿子眨巴着眼睛说。

老宋头听后，满脸狐疑。

走进屋里，王春花看见儿子，连忙迎上前嘘寒问暖。

宋小红没理会老娘的热情，而是坐在椅子上跟父亲说："爸，有个事儿，还得请您亲自出马。"

"啥事儿？说吧，看我能办不能办。"老宋一边轻松地应着，一边掏出旱烟袋，心想儿子这次真能行，能让强涛副县长给全村批了救济款，这可是全村上千口子的喜事儿，这心里头一下子松快了不少。

宋小红想了想说："今儿响午，强涛副县长家老爷子八十大寿。他在张小兵婚礼上见您唢呐吹得好，想请您叫上那帮子乐人，给现场增加点气氛，凑凑热闹，主要还是想听您吹上几支唢呐曲。您看，门外面包车都来接了。"

"啥？让我去吹唢呐，你不知道我的规矩？老子是吹唢呐的不假，可也不是啥人都能请得动！你没听老百姓说，你们县政府干部人品最差的就数他强涛了，不给他送礼，就不办事儿，整天寻思着狗屁倒灶的事儿，这样的官儿，我不去！"老宋头一下明白了，感情就因为老爷子过寿，强涛才批了救济款给村里！刚有点热气的心里"嗖"一下子又凉了，盯着面前的宋小红，一种陌生感戚然而生，这还是自己的儿子吗？

王春花兴奋地说："老头子，人家强副县长看上你吹唢呐，你就放麻利些，啰嗦啥呢！强副县长对咱儿子有恩，小红能当农办的副主任，还不是人家给提拔的。俺做主了，给谁吹还不是个吹，放快些，别让人家等急了。"

"老娘们，你懂个屁？要去你去，反正我不去！"老宋头那犟脾气又上来了。

"爸，我可提醒您啊，您要是不去，那强涛副县长的批示可就作废了！要是因为您，全村的救济款泡汤咧可别怪我没帮忙。"宋小红不急不缓，慢声细语地跟老爸摆起了官架子。

老宋头的脸色一会儿白一会儿青，他"呼"地站了起来，在屋里转了两圈，一弓腿蹲在板凳上，瞪着眼前这个越来越陌生的儿子，不去吧，眼看着乡亲们遭受损失，去吧，这是违背自己一辈子做人的原则。想到这里，老宋头端起大茶缸，"咕咚，咕咚"喝了一气，仿佛要把心里燃烧的烈火浇灭似的。

王春花拿着老宋头的手机，翻了翻电话簿，找到宋二能的电话就喊，"二能，你快联络联络伙计们，你老宋叔让在屋里等，马上来车接你们，挂了噢。"话音未落就连拉带操，老宋头无奈背着唢呐，木呆呆地跟着儿子上了车。

离日头落山还有一杆子高，老宋头闷闷不乐回到家。

老伴王春花发现老头子脸色不好，就问，"咋啦，这是？"

不管老伴王春花怎么问，老宋头就是不开口，手捧着心爱的唢呐，嘴唇不停地哆嗦着，就是没有一句话。

"谁把你气成这样儿了？"老伴王春花从屋里把泡好的茶缸端出来放在台阶上，一屁股坐在旁边，等老头子的回话。

过了好一会儿，老宋头掏出鹿皮，把唢呐从里到外，仔仔细细地擦了一遍，起身站在院子当中，把哨子放进嘴里，鼓起腮帮子，一曲《乡情》深沉、悲壮奔涌而出。老宋头煞白的脸上，慢慢变成红色，然后又变成紫色，只见两行老泪从脸颊簌簌滚下。

听到唢呐声，乡亲们越围越多，把老宋家挤得水泄不通。

……唢呐声渐渐消失了。

老宋头轻轻抚摸着黄铜唢呐，这是跟了自己一辈子的老朋友呀！突然，他把唢呐举了起来，重重地磕在房阶青石上，只听"咔嚓"一声，唢呐断了。老宋头跟跄了几步，一头栽倒在房檐下。

围观的乡亲们个个都惊呆了……

老伴王春花根本没料到老头子会出事。她扑过去："啊，我的天哪——"还没哭出声，也不省人事了。

乡亲们这才恍然大悟，人群一下子乱了套。

老张头大喊一声："快，快救人！"扑下身子抱起老宋头就喊："老宋头，老宋头，你醒醒，你不要吓人咧啊。"一边挥着手说，"大仓，快，俺娃快去叫医疗站的王医生，就说你老宋爹得了急症，快，快去。"

村医王宪拿着听诊器，在老宋头前胸后心听了听，翻开眼皮子看了看，又摸了摸脉搏说："张叔，别叫救护车了，快拾掇给穿衣服吧，人不行咧！"

一番折腾之后，王春花倒是稳定下来，她哭腔着对老张头说："老哥哥，您，您就看着办吧！"

"大妹子，放心吧，娃马上就回来咧。"老张头一边安慰，一边指挥帮忙的人。

"啊哈，师傅呀，我来晚了，啊哈——"宋二能还没进门，就听见那撕心裂肺的哭喊声。

紧跟着进门的还有那帮子乐人，个个号啕大哭。

"师傅啊，我知道你心里憋屈，可你不是说等救济款下来了，还要为乡亲们庆贺呢么，你咋就撂下我们走咧！"宋二能边哭边从双肩包里掏出唢呐，哨子放进嘴里，鼓起腮帮子，吹起了师傅最喜欢的《黄土情》。

高亢的唢呐声中，猫娃儿、长顺、郭鹏等十来个乐人边跪拜，边哭泣。

老张头招呼说："好咧，好咧二能，现在还不是吹的时候，快帮着先把挽联贴上，灵堂上该摆的你们都知道，赶快准备，停当了再哭、再吹吧。"

忙活了一阵子，老宋头的遗像放在灵堂中央，两边是现成的童男童女守护在侧，桌面上摆着水晶饼、萨其马、核桃酥、鸡蛋糕等点心，还摆着草莓、苹果、橘子、香蕉等水果贡品，桌子周围用黄纸遮盖得严严实实，桌前还压着黄裱纸，关公、秦琼的像垂挂在桌子正面，桌子两边点燃了捆把子面粗的两支白色蜡烛。

顿时，庄严肃穆的气氛笼罩着整个厅房。

挽联用隶书写就：上联是"与贤君最投契看重品行见道义"，下联为"望后生而涕零承续师风作乐人"。

拉弦索的猫娃、敲干鼓的长顺、操铜器的郭鹏，还有新加入唱花脸的程峰、唱苦情的陈爱玲等。八挎五,的十三个乐人，坐在大门外，唱着秦腔《祭灵》，王二能的唢呐伴奏，声调吹得如泣如诉，全村都陷入了悲痛的气氛之中。

宋小红披麻戴孝跪在灵前，泪流满面，泣不成声地随着吊唁的人群，而不停歇地叩首还礼。

天麻麻黑，县武装部黄毅政委走进宋家大院，站在老宋头的灵前，默默地点上一炷香，鞠了三个躬。

宋小红只顾着叩首还礼，并没有发现这是县委常委、县武装部黄毅政委。

"老支书，我代表县委县政府看您来了，同时要告诉您一个好消息，强涛刚刚被上级纪检部门带走了，这是党的群众路线教育实践活动的成果之一，这是剔除党的干部队伍中的'毒瘤'，是纯洁我们干部队伍的象征呀，这下您就安息了吧，老支书！"

宋小红惊讶地抬起头，一句话也说不出来。

老张头赶快招呼黄毅政委说："谢谢黄政委，老宋头这下瞑目了！"

宋二能的唢呐声在乐队的伴奏下，悲痛而又流畅地响了起来。村里的乡亲们，胳膊窝里夹着烧纸，川流不息地进进出出。十里八乡前来吊唁的人络绎不绝……

2014 年（甲子）仲秋于太白书屋
刊于 2014 年 11 月 20 日《新西兰联合报》

帆　影

　　赵华梦想出国好几年，今天终于踏上了久已向往的国度。一走下旋梯，踏上异国他乡的土地，看到一幅鲜艳的水彩画：晴朗的天空，像刚刚涂抹过深色油漆湛蓝湛蓝；鹅白的云彩，像成熟丰盈的棉桃滚滚飘移；洁净的空气，像净化器层层过滤清凉清新蔚蓝的海上，摇曳着点点白帆，像一只只海燕，展翅飞翔。赵华心想：这不正像自己一样，十几个小时前还在中国，现在却飘来站在南太平洋岛国。

　　"这不是在做梦吧？"他问自己。

　　"sorry sir，this way please。"（对不起先生，请这边走。）

　　赵华回过神儿，转过头看见一位身材高挑，鼻梁挺直，眼窝碧蓝，金色短发的妙龄女郎站在一旁引导着旅客。赵华直勾勾的目光不愿挪开，他一步一回头，恋恋不舍走进了千帆市候机大楼。

　　Peter 李站在机场出口处，手里举着一个牌子，上面歪歪扭扭写着五个中文字："接赵华先生。"

　　赵华排队报关，然后又被翻包检查，本来可以顺利进关，可恰恰因为多说了几句英语，反而被海关作为重点来了个认真，查了个严实，加上岛国员工不紧不慢，磨磨叽叽的工作节奏，时间愣是被耽搁了一个多小时。

　　看到自己的名字，赵华扬了扬手，直接走近举牌子的人跟前。

　　"赵先生，欢迎，欢迎。"Peter 李握着赵华的手格外热情和亲切说："丹尼王电话安排我来接您，他把两周的房钱都付了，你现在就是我的房客，不介意和我住在一起吧？"然后笑了笑说，"时间还早，咱们是先看看，还是……？"突然像想起了什么似的问，"哎，坐了十几个小时的飞机，你累了吧？"

赵华未加思索地回答道："不累不累，就是兴奋，看哪儿都新鲜，现在能就带我去逛逛吗？晚上回去睡觉就是了。"

"好！反正还有四五个小时是您的。"Peter 李说："今天周末，正巧可去看看岛国的农贸市场，尝一尝这里的正宗小吃，再欣赏欣赏美丽的海湾，晚上回去洗个热水澡，美美睡上一觉，倒倒时差，怎么样？"

"好啊，就听你的安排吧，我刚来人生地不熟的，只有麻烦你了，谢谢！"赵华高兴得快要跳了起来地说，"我和丹尼王是同学，他在电话里跟我说，你是他在岛国最要好的哥们儿。所以，你怎么安排，我都听你的。"

Peter 李打开后备箱，把赵华的行李放好驶出了机场。

"Helllo，Coodmorning？"赵华问。

没想到赵华初来乍到，竟然敢和洋人用英语交流。Peter 李心里说，但他担心赵华蹩脚的英语会弄得双方都很尴尬。

Malakana 镇，位于 warkworth 东部，靠近东部海湾。放眼望去，到处都是葡萄园和橄榄林，使得这里的乡村生活显得更为精致清新，是千帆市北部众多农贸市场中的一个，大约于 10 年前在这里开业，每周六清早，人们涌到这里从种植者手中直接购买新鲜的食品。大多数购物者都在早上 7 点 30 分左右到达，市场开放至下午 4 点就基本结束了。市场不大但非常有特色。赵华走进市场，被与国内农贸市场不一样的风格吸引，"不错，这里太有特点了，吃的、用的、玩的应有尽有，还能感受这里的风土人情。"

每周六早上，这里是人们品尝天然调料、热巧克力和 Bufalo 水牛奶酪等各种美食的地方。在这里还能看到各种手工艺品，如当地印制的围裙和茶巾等。在 Malakana 镇上，Peter 李介绍这里的美食，赵华要了生蚝和青口，那个新鲜无法言传。两个人围绕整个农贸市场转了一圈，然后又在一位洋老头儿的摊位前，要了两份奶酪烤饼。那个香味儿呀，让赵华不仅饱餐一顿，而且还整整一天唇齿留香了。

Peter 李说，"这个农贸市场，是千帆市北部最有名气的农贸市场之一。"

"This farmers market is good, I like here"（这个农贸市场，我很喜欢）。赵华和一位卖 chese 的金发老外还真聊上了。

听到赵华一口流利的口语，再看看他聊天那种悠然神态，Peter 李坐在农贸市场中心的方木上，打心眼儿里佩服赵华。对一个刚刚踏上异国他乡的人来说，语言是最重要的，如果不懂语言，即便你有天大的能耐都是没用的。记得自己当初来到岛国，那是怀揣着硕士文凭，又有三年导游工作经验，一个人吃饱全家不饿，说走拔了旗杆就出发，说停坐下就能安营扎寨，咱怕过谁！

一阵吉他声打断了 Peter 李的回忆，他站起身循声走去，只见赵华举起相机在不停地拍摄。Peter 李怕他拍照引起不必要的麻烦，就拍拍赵华的肩膀提醒说："洋人是不喜欢别人拍他们的，因为这是个人隐私。如果你非常想拍人家照片，要先征求人家同意后再拍。"

赵华直起身，他同意 Peter 李的忠告说："对对对，我差点忘了，这是在西方，不是在中国。"赵华收起相机，他坐在几位演奏者旁边的小摊上。Pe-ter 李为了不影响小摊的生意，要了两份烤鱼，他们俩一边吃，一边欣赏着几位老艺人现场演奏当地音乐。

吃完烤鱼，赵华从摄影包里抽出了 100 美元说："我请客。"

Peter 李笑了笑，把放在面前的美金往赵华跟前推了推说："你到了我门口，哪能让朋友掏腰包？"

"我反正是要换汇的，就当你帮我换的，怎么样？"赵华不等 Peter 李回答，就把钱塞进了 Peter 李的口袋里，起身又去拍他的照片了。

等赵华拍完回到身边，Peter 李把换好的钱递给赵华说："我按人民币 3.6 的汇率兑换给你，你不会吃亏的。"

赵华看都没看，就把钱塞进摄影包里了，他指了指标价为 3 块钱一袋的柑橘正要付钱，却听到那位老外说了一大堆英语，这下却难住了赵华，刚才还夸夸其谈的他，面对老外飞快的语速他却听不懂了。Peter 李见状翻译给他说，那位老外说，这里还有一袋 2 块钱的柑橘，虽然个头小，但是很好吃，那袋 3 块钱的做果酱更适合，口感还是小的好，如果你们不愿意吃，那也是小鸟喜欢的食品。赵华笑着说，"这个老外傻不傻呀，买家已经要付钱了，而且还可以多点收入她却不要，反而给买家推荐便宜的自己少收入的商品？"

Peter 李接过来说，"这就是太平洋岛国，这就是洋人，他们不只是为了钱，而是为了诚信和人性化，所以你尽管放心买。"赵华想，这里的人厚道善良。

"这个物件很不错！"赵华非常喜欢地挥着土著人的工艺品，爱不释手。Peter 李看了差点笑出了声。那是在岛国随处都能看到的雕刻，一件吐着舌头的土著面脸儿，是土著人崇尚的肖像之一。"你笑什么？"赵华有些不解，把手里的雕刻左看看右瞧瞧，没有发现什么可笑的纰漏呀，"到底怎么啦？"

"没什么，没什么。看到你这个样子，让我就想起了刚到岛国我也是这个样子，看到什么都新鲜。"Peter李止住了笑说，"时间长了，你就会习惯的。"他停了停又说，"就怕时间久了，你会失去这种状态的。"

"不会的！我的业余爱好就是收藏。"赵华根本就没有把Peter李的话当回事儿。

Peter李默默地点了点头，不想败赵华的兴，而是顺着赵华，滔滔不绝地说："图腾柱是不朽的文化雕塑。这里大部分都是红柏木雕，是土著人浓缩的文化！"

赵华听了Peter李的话，很有同感，"阿拉斯加的凯奇坎，saxman图腾公园就是这样的。"

"土著人的雕刻是撼人的，是对祖先的虔敬。传统已经奄奄一息了，但在部落酋长和岛国政府的共同努力下，这种古老原始的雕刻被传承，新老几代艺人共同完善了精湛的技艺。新一代现在是更多地参与，而不仅仅是在雕刻，在编织艺术和哈卡上，可以看到他们这个民族瑰丽的文化与多彩的传统。"赵华发现Peter李对土著文化还是有些见解的。

不知不觉地Peter李把赵华带到了千帆市的Mision Bay海滩。Peter李说："赵哥，能不能允许我在车上休息一下，为了接你起来得太早了！"他看赵华没有吭声，接着说，"不是我不陪你转，说实在的，这儿我来得太多了！你去看吧，反正地方不大，人也不太多，我在车上等你，好吧？"

赵华想了想说："不好意思，我忘了时差，所以让你受累了。陪不陪没关系，那你好好休息休息，咱们还是要安全第一嘛！"他犹豫了一下，背起摄影包说："那行李我就不拿了，你不会离开车吧？"

"不会的，车上有我呢！"Peter李一边回答一边把驾驶座椅往后平放，伸了个懒腰躺下了。

赵华看了Peter李的样子，有点失望地笑了笑，迎着海风向海滩走去。艳阳下的Mision Bay沙滩，赵华感觉甚至比美国夏威夷的金色海岸还美还漂亮，而且还有黛色的火山岛，加上天空中飘浮着的白云，海面上游弋着一艘艘小船，快艇，白帆在蔚兰色的海上显得那样悠然、那样娴静。无论角度，无论取景，不管你怎么拍，镜头里都是一幅幅美丽的风景画。"这里真是摄影家的天堂呀！"赵华情不自禁地说出了声。

在Mision Bay海滩拍了不少照片，赵华满载而归，兴奋洋溢在脸上。

他朝着停车场的方向走去。

Mision Bay 海滩的停车场不算大，但车却停得满满当当的。不远处还停着两辆大客车，一看就是旅游团的大巴。

赵华一边拾掇摄影家什，拧好镜头盖，绕好肩带，把 300mm 的长变焦收好装进摄影包，又把独脚架收起来装进架袋儿里。这是他多年摄影养成的习惯。

赵华在停车场转悠了一圈，却没有看到 Peter 李的车，眼前尽是一片银白色各式各样的小轿车。他站在停车场一处高坡上，一边搜寻着 Peter 李的车，一边回忆车的颜色和形状，后悔自己没有记住 Peter 李的车号。赵华反复几个来回都没有找到，"会不会去加油了？"他看了看手表，"哦，是不是饿了，去附近吃饭了？"几种假设让他又挨过了 1 个多小时，还不见 Peter 李的影子，这才感到事情不妙。赵华慌忙中已经忘记了自己绅士的风度，一边跑一边叫喊："Peter 李，Peter 李！"最后几乎是大声怒吼了。他的失态，引来不同肤色人的惊讶目光。

赵华顾不得这些，发疯似的在海滩与停车场之间来回奔跑……

原来，当看着赵华走向海滩，Peter 李突然起身，驾着车迅速离开了停车场。一种莫名其妙的感觉驱使他把车越开越快，不一会儿就来到通往市区的高速路口。他不觉得这样玩失踪，是伤天害理，是犯罪，甚至还庆幸自己成功逃脱。Peter 李认为，赵先生是技术移民，肯定有钱！他初来乍到，不了解这里的社会状况，不是自己逼迫，而是他自己自觉自愿离开的。再说了，一个新移民走丢，是再正常不过的事情了。Peter 李为自己开脱着。

本来千帆市就这么一条高速公路，怎么开都不会迷路，可 Peter 李却错过了出口，一口气跑到了 diary flat 来。发现跑错了路，稍微把车停在紧急停车处，喝了几口 NZnatural 矿泉水，心情才平静下来。

Peter 李脸上虽然平静，但心里却不免有些忐忑。干缺德事儿的人，常常会感到内心不安，但是只要稍作停歇，或者转移一下视线，马上他就会若无其事。

忽然，Peter 李想起了在农贸市场换汇的事儿，看到赵华出手阔绰，相信这行李里头肯定有硬通货。他赶忙下车，从后备箱拿出赵华的行李，拉开精致的耐克牌旅行肩包，三下五除二就找到了一个装着 4 万美元的大手袋。他欣喜若狂地对着开阔无垠的大草原喊道："感谢苍天，感谢恩人，是你给我送来了做生意的钱。"他面对挂满白云的蓝天，双腿跪在地上，一副虔诚的样子说："愿老天爷保佑赵华先生平安无事度过这次难关，因为是赵华先生拯救了我！相信总有一天，我一定会报答他的，愿好人一生平安！"

Peter 李开着车逃跑似地飞奔在高速公路上。

赵华丢了魂似的，想求救想投诉却没办法联通。手机没设漫游，无法打给老同学丹尼王，也无法打给国内未婚妻。正当他束手无策时，一位华裔旅游大巴司机看到赵华那副狼狈相，让他坐进车厢，把赵华带到市中心。当车抵达 City 时，所有游客都下了车，只有他还坐在座位上发呆。

"哎，先生，市中心到了，我只能帮你到这里了。"华人司机边打扫卫生边提醒赵华。

"哦，谢谢。要不是您让我坐车，我可能就夜宿海滩了。"赵华有气无力边说边走下了旅游大巴。

千帆市夜晚的灯光把整个街区照耀得如同白昼，皇后街上人来人往川流不息，一片繁华的景象。

赵华无心欣赏南半球不夜城的景色，又不熟悉这里的餐饮，只好寻找自己熟悉的麦当劳，先填饱饥肠辘辘的肚子再说。走进麦当劳，一股诱人的味道扑鼻而来，渗入心脾。这时，他才想起了今天只和 Peter 李一起吃了烤鱼，怪不得辘辘的饥肠闹起了抗议，他选了一份最便宜的套餐，咬了咬牙，又要了一杯热咖啡。

赵华选择了靠街面的窗户坐下，正准备用餐，忽然发现窗外人群中像 Peter 李的影子一闪而过。赵华气愤得几乎大声喊了起来，他顾不上多想，一下子冲出去抓住 Peter 李，举起独脚架劈头盖脸砸了过去："我让你跑！我让你跑！"

"你是谁啊，干吗打人呀？"被打者莫名其妙，怒不可遏地怒喊道，"再这样打我就报警了，你这神经病！"

赵华听到怒吼声，发觉不对头，是自己打错了人？他挥起的脚架僵在了空中，就像电影定格画面一样。

周围看热闹的已经围起了人墙，有白皮肤、黑皮肤，还有黄皮肤的，看来想轻易走掉是不可能的。赵华赶快赔礼道歉说，"对不起，对不起，我看错了人。"

"看错了人？"被打者怒不可遏抓住赵华胳膊不放说，"说得轻巧，你这样无理，看把我这里都打烂了，怎么办？"

警笛声传来，围观的人群"呼"一下子散开了，原来有人报了警。赵华羞愧得无地自容，他向警察解释说，"My fault，myfault"（这都是我的错，这都是我的错）。两个警察互相交换了一下眼色，一边听着被误打的人抱怨，一边揣摩着赵华蹩脚的英语，最后决定把两个人都带走。这时赵华说，"Wait，can I take my burger？"（等一下，能让我带上我的吃的吗？）警察很人性地点了点头。

赵华在警局里没有受到处罚，但却给了严重的警告。被误打的人听了赵华的遭遇，不但不起诉，反而同情起赵华来，使赵华免去了拘役之苦。

真是不打不相识。赵华和被误打的人在警局里交上了好友，他非常感激这位山姆张大哥的担保之情。

离开警局后，山姆张知道赵华今晚已经没了栖身之处，想了想，决定邀请赵华在自己家的车库凑合一个晚上。

赵华感激得无言相谢，"扑通"一声，双膝跪在山姆张大哥面前就磕头，被山姆张扶了起来。

第二天一大早，山姆张带着赵华来到千帆市港口码头，按昨晚说好的，先在港口码头上干着，待找到 Peter 李后再说。

这时，正好驶人一艘货轮。洋人老板走过来对山姆说，"山姆先生，这批货物要尽快卸完，远洋货轮还等着去南岛，能不能再找几个伙计来？"

"能问一下货物多吗？如果不多的话，我们俩可以，今天晚上不休息把货物卸完，好吗？"山姆说。

"那，那当然好了，我可以多付给你们加班费，可不要惊动周围的邻居，否则人家报警哟！"洋人老板耸了耸肩笑着说。

赵华运气不错，正好赶上来的这批集装箱活儿，如果没有，不两天他就连吃饭钱都没了。

"你真是走运，虽然被人黑了，但是老天爷有眼，给你一次补救，这比我刚来一个多月找不到工作好多了，你的运气真好。"从此，山姆张边说边和赵华一起干起了码头装卸工的活计。

洋老板把一天的工钱交给了山姆张说："今天干得不错，速度快也很安全。"他转过头问，"这是你新找来的帮手？明天如果还是这样快，这样安全，我还可以给你多加点薪水。"洋老板说完开着车一溜烟不见了。

山姆张看了看赵华说，"你准备在这里干下去吗？"不等赵华回答又说，"我看你是个有学问的人，这可是个力气活儿，不知道你受得了？"

"山姆大哥，要不是你，哪有今天的我？你说我现在还有资格挑三拣四吗？你能收留我，我感激不尽，哪还有什么受得了受不了的。"赵华看着山姆张，眼泪都快迸出来了，怕山姆张不要自己，赶忙表白说，"如果不是我气急败坏地打了你，昨天晚上就露宿街了，说不定还有更倒霉的事情等着我呢！"

山姆张动了恻隐之心，他拉着赵华坐在码头拴缆绳的水泥墩儿上说："你可想好了，干这个活儿可是需要有长期吃苦的准备，而且还须有耐得了寂寞的准备，不都像今天这么巧合，你真是个幸运者。"山姆张把码头装卸工的辛苦与快乐，做了详细介绍："有时候可能一连几天都没有货轮进港，如果遇到大风天气那就更倒霉了，可能几周都没活儿干。"山姆张说到这儿，看着远方的海面，摇摇头叹了口气："我们就像大海中的一叶扁舟，整天随着海浪漂泊不定，也不知漂到哪儿是个尽头呀。"山姆张收回目光，指着海认真地告诉赵华说："如果她心情好，脾气就会平和，我们就有吃的；如果她遇到不顺心的事儿，就会闹情绪发脾气，那我们就倒了邪霉。"山姆张看着赵华，沉思片刻说："想好了吗？这可不是闹着玩的！"

赵华起身像大兵一样，双脚齐整地并在一起，举手向山姆张敬了一个庄严的军礼，这是他平生第一次给别人敬礼，那还是在读大学学军时教官教的。

山姆张惊讶得不知说什么好，自己当过兵扛过枪，比赵华更有体会："你当过兵？"山姆张问。

"没有。但这是大学里学军得到的。"赵华严肃地说，"给别人敬礼这是我人生的第一次，我希望你能接受我的敬意。"

Peter 李冒着巨大的风险，终于实现了他当老板的梦想。

在离千帆市 100 多公里一个不大起眼儿的小镇上，Peter 李买下了梦寐以求的一家洋人咖啡店，开始经营起了自己的生意。

几年咖啡馆的生意，Peter 李东躲西藏地经历了人生太多的曲折与不幸。这不，忙碌了一整天的 Peter 李，晚上躺在咖啡店的阁楼卧室里，一边喝着啤酒，一边回想自己近十年来经历，情绪随着啤酒劲儿发作了。他一会儿哭一会儿笑，像个精神病患者。多亏咖啡店远离居民区，不管他怎么悲痛欲绝的哭喊，或是他如何歇斯底里的狂笑，这里都没有人听得见，索性放肆地发泄心中的不快与满足。

Peter 李现在这个样子，不光是哭自己艰难困苦，也不光是哭自己的梦圆得太迟，而是哭自己现在过上了像样的日子，却落下个孤苦伶仃孑然一身，因为像这样攫取钱财，连妻儿整天都跟着他担惊受怕，过着有上顿没下顿的日子，一气之下妻子带着女儿抛下他出走了。在 Peter 李咖啡店周年店庆的时候，准备了一张 10 万的礼卡，想把妻儿迎接回来，却传来消息说，妻子已经和一个老洋人同居了，大脑"轰"的一声，Peter 李差点儿被这个消息击倒。他精神濒临崩溃，痛苦无处诉说。

为了给妻子女儿一个幸福生活，Peter 李追梦从中国来到太平洋岛国，一心想按照自己学的导游专业去发展。可是在旅游公司打拼了一年多，不但赚不到多少薪水，而且把在国内攒的钱也花光了。第二年女儿出生了，生活越来越窘迫，无奈的他走上了攫取新移民钱财物品的歪门邪道。

从事骗人的营生，Peter 李整天都处于极度的精神紧张状态，只要有人敲门，吓得东躲西藏；只要听到警笛声，吓得自己心神不宁。他的无常，影响得全家不得安生。开始妻子还不清楚是怎么回事儿，每次遇到追债，他总是哄骗妻子说："咱们欠了房东一个月的房租费，现在赶快逃还来得及！"妻子都相信了。可是有一次，来人打听 Peter 李的下落，妻子才知道丈夫原来是干这样的"勾当"。当第二天半夜丈夫回家时，夫妻俩第一次大吵大闹了一场。从此 Peter 李的家不像家，人不像人，整天鬼鬼祟祟早出晚归，提心吊胆地过日子，弄得年轻漂亮的太太，头发大把大把地脱落，几个月不但没有找到人家转让咖啡店，而且人老珠黄，整天病恹恹的。终于有一天，妻子受不了，带着女儿出走了。

没过多久，妻子无法忍受这样的流浪生活，又回到 Peter 李身边，继续过着无奈的日子。可是，Peter 李仍然弄得家里鸡犬不宁，妻子女儿又开始了东躲西藏。有一天，当妻子苦口婆心好言相劝，让 Peter 李把钱还给赵先生时，Peter 李就是听不进去，妻子终于决定要和 Peter 李离婚，自己再难也要带着女儿，把女儿养大。好歹岛国政府有明确的法律规定，妇女和儿童是受政府的法律保护的。妻子告诉 Peter 李，她每周带着孩子会去政府领取失业补助金。对于离婚，Peter 李不管妻子怎么说，就是不同意，妻子执意要离开。想到妻子和女儿离开他，就用不着整天担惊受怕了，也就随着她们去了。

妻子和女儿离开家，Peter 李反而觉得轻松了许多，好像又过上了那种"一人吃饱全家不饿"的单身汉日子。

时间久了，Peter 李整天忙自己的事儿，追逐自己当老板的梦，根本顾不上她们娘儿俩。白天想着法子东躲西藏，晚上冒着被抓，被驱逐出境的风险，整日提心吊胆。Peter 李为了有个属于自己的生意，不顾羞耻，没有自尊，正应验了中国那句古老谚语，"人活一张脸，树活一张皮。"如果人连脸都不要了，那鬼见了都害怕哟！

今天的千帆市港口，风和日丽。

一大早，赵华就被山姆张喊了起来，"赵华，赵华，快起来，暴风雨马上就要来了。"

赵华一骨碌爬起来，不管三七二十一就往外跑，"太阳这么好？"赵华不解。虽然是冬天，可千帆市的天空只要没有云彩，太阳始终是暖洋洋的。

山姆张看了赵华一眼慢慢地说："别看天空太阳好，一会儿你就会看到另一个千帆市的。"他指着天边一条条翻滚的乌云说，"你看，最多两个小时，暴风雨就会把阳光明媚的千帆市覆盖了。"

赵华朝着山姆张手指的方向看去："没有暴风雨的样子嘛！"他肯定地说，"一年多了，我对千帆市的气候感到非常适应，咱们虽然不是天气预报员，但是天天在港口看天，我看天是不会变的！"虽然嘴上这样说，还是乖乖地跟着山姆张上了停靠在码头上的货轮。

千帆市港口风平浪静，远远看到一些船只慢慢向岸边靠拢。天空中出现了许多云彩，在太阳光的折射下格外好看。

赵华停下叉车，擦了擦头上的汗水，从随身携带的摄影包里取出相机，要记录下这美好的风景："山姆大哥，快来看，多美呀！"

山姆张犹豫了一下，走过来用手挡住光线，看到几张赵华刚刚拍到的照片："嗯，确实不错！"他好像是第一次认真观看赵华的摄影作品。他抬起头向港口的海平面望去，只见一片片点点白帆越来越集中地向港湾驶来。天空的白云也越来越呈现深灰色了，而且还不停地翻滚着。他回过头看见赵华还在拍照，"哎，赶快把相机收起来，暴风雨马上就来了！"

赵华不愿意错过这个难得一见的拍摄机会，装作没听见，不停地变换拍摄角度，"哎哟"一声，赵华脚下踩空，连人带相机一起从货轮甲板上掉了下去。

山姆张赶紧停下搬运集装箱的大叉车，跳下跑过来，迅速从缆绳滑下去救赵华。

赵华真是命大福大造化大。他没有掉进海里，而是摔在了旁边一艘小帆船里。"哈哈，你这家伙,怎么样了？"山姆张站在岸边的水泥沿上大声问。这时大风刮起，一个海浪袭来，差点儿把小帆船掀翻。

赵华没有任何知觉。他被山姆张就近送进了市中心公立医院。赵华很幸运，没有留下太大的后遗症。

住了三天医院，赵华那条摔断的左小腿，借着石膏双拐，一瘸一拐勉强可以下床了。

岛国是个全民医疗保险的国家，不论什么突发病因，只要是发生在岛国，ACC就会负责你的一切治疗。赵华就是免费治疗被摔断的左小腿。在医院里，不但不花一分钱，而且连吃饭喝咖啡都是免费的。赵华出院不久，因为工伤，山姆张和他的洋老板在physi。诊所附近租了一个sleep。ut，方便赵华到这家洋人physi。诊所接受长期的恢复治疗。经过三个多月的physi。治疗，赵华虽然没有打工，没有收入，但基本上也没有多少消费呀！想到这里，赵华不由地偷着乐了起来。

"笑什么？"理疗师克莱尔正在帮助赵华做恢复训练，"今天感觉怎么样？好一点了吗？"她用手在赵华的左小腿上轻轻按了按。

"还有点儿疼。"赵华装模作样说："噢，请你轻点儿，我感觉非常不好，我的克莱尔。"

这个洋小妞马上抽回手说，"soory（对不起），我把你弄疼了。"

"没关系。"赵华挤眉弄眼地说："只要你不是故意的，我不责怪你。谢谢！"

克莱尔笑了，她感到这个中国人很可爱。

赵华本来就是一个多情的公子哥儿，只不过刚踏入岛国就被Peter李给骗了。但是经过一年多的历练，他现实了许多。三个多月的治疗生活，使这个多情公子哥儿恢复了本性，那种看人说话的样子非常迷人，特别是那些没有恋爱经验的女孩子，基本上都是他的俘虏。

赵华看着这个小洋妞，不知不觉想起了大学毕业不久，刚加入现代农业实验室的情景。那时实验室里和他一起分配来的一位女硕士生，还是北京中国农业大学的校花儿，不到两月，女硕士就被他拿下了。为了和赵华在一起，女硕士情愿与在北京国家机关工作的前男朋友分了手，而且还放弃了回北京农业部办公厅任职的机会，闹得差点还与在国务院一个重要部委办工作的父亲断绝了父女关系呢！去年来岛国前，赵华发誓在立足之后买个大豪宅就把女朋友接到岛国住，和自己一起享受这里的空气和绿色食品。可是万万没有想到的是，Peter李不但把他丢弃在了海滩上，而且连他和女朋友的国家科技进步二等奖的全部奖金占为己有。如果不是在航班上填写入境卡、护照一直带在身边，如果不是女朋友额外又拿出1000美元塞进摄影包，让他手头随时零花的话，可能真就成了一贫如洗的叫花子了……

"你思考问题时候特别有魅力……"克莱尔打断了赵华的回忆。

"哦，是吗？谢谢你！"赵华故意给她抛了个媚眼儿，逗得小洋妞满脸羞涩。克莱尔实际上也喜欢壮硕而幽默的赵华。

"请你起来，我陪你练习练习走路。"克莱尔微笑着说："要不然，你会永远是个……"她故意做了个一瘸一拐的动作。

赵华早就想靠在洋妞软绵绵的身体上，发泄自己男人的娇情，他故意装模作样起不来，弄得克莱尔不得不弯下身子扶他，赵华乘势拉了一把她，俩人压在了一起，小洋妞也乘势把樱桃小口压在了赵华的嘴巴上……

Peter 李身揣着 10 万块钱的卡，来到前妻的新家。

前妻正好带着女儿从市场买菜回来。"爸爸！"不到五岁的女儿很懂事儿，她一边跑一边叫着爸爸。

"果果——"Peter 李哽咽得说不出话来，他紧紧抱着女儿，控制不住的眼泪像断了线的珠子，女儿也伤心地抽泣着。

一旁的前妻看到这个场面非常感动，泪水不知不觉地模糊了眼睛，"果果，让爸爸进屋吧。"这也是前妻给 Peter 李面子。

Peter 李像个参观的，把前妻的新家看了一遍说："不错，不错，这也是我想要的。"他回过头看见前妻就站在身后。女儿笑着说："爸爸，这里可暖和了，每天还能吃上草莓酸奶呢！"一句话说得 Peter 李胸口像堵了一口醋酸，连气都出不来了，憋得他脸红脖子粗。是呀，作为父亲，连女儿想喝草莓酸奶的要求都满足不了，感到无地自容。虽然有许多理由可以辩解，但女儿的天真却深深地刺痛了他。

"孩子，爸爸对不起你们，但是从今天开始，爸爸一定会让你们过上舒舒服服的好日子，再也不用担惊受怕，吃了上顿没下顿了。"Peter 李从口袋里掏出那张有 10 万纽币的银行卡说："这是 10 万，我们回家吧！"

女儿似懂非懂地看着爸爸，回过头又看看妈妈问："10 万是多少呀？能买很多草莓酸奶吗？"妈妈听了转过头，难过得几乎哭出了声。

"能！能！能！"Peter 李哽咽着又抱起女儿说，"你要买多少就能买多少。"Peter 李泪流满面地深深亲吻女儿的额头，转过身对前妻说，"请放心，这是一年来咱们咖啡馆赚的钱，是靠自己的劳动换来的，不再是……"他说不下去了。

前妻半信半疑，担心 Peter 李又在骗她，因为 Peter 李每次都说"这是第一次，也是最后一次，今后更不会干那种骗人的事情了"，可是没过几天，又有人找上门来。可这一次看见 Peter 李那么坚决的表示，却又犹豫了。

Peter 李感觉前妻仍然不太相信自己，就把女儿放下来，示意女儿把这张卡交给妈妈。女儿不知道该怎么办，看看爸爸，又看看妈妈，"去吧，这是爸爸欢迎你们回家，咱们重新开始新的生活。我保证你们母女俩从此过上安安稳稳、吃穿不愁的舒心日子。"

前妻抱起女儿自言自语地说："果果，为了你，妈妈再相信爸爸一回吧！"

Peter 李把妻子女儿接回自己新租赁的一套两层房子里，亲自动手为妻子和女儿炒了六个菜，兴奋地喊："开饭了，开饭了！"

女儿穿着漂亮的新衣服，手拉着穿戴一新的妈妈说："快，爸爸做了那么多好吃的！"当看到爸爸拿手菜"橘味虾球"，女儿第一次这么高兴地拍起小手，"噢，噢，我有虾球吃了，我有虾球吃了！"

一声警笛由远而近传来，妻子下意识地紧紧抱住女儿，惊恐地看着窗外闪烁的灯光，Peter 李"嗖"一下站了起来，又呆呆地立在原地，家里欢乐祥和的气氛一下子破坏了。

赵华约克莱尔来到港口码头。

山姆张正准备干活儿，一眼看见了赵华和克莱尔，他礼貌地迎了上去。

"你好，山姆先生。"克莱尔客气地主动打招呼说，"你们这个地方很好呀！"赵华也高兴地问："山姆大哥，最近好吧？"

"好好好，你们怎么跑到这里来了？"山姆张也客气地回答，"克莱尔，你好。"他关切地指着赵华的腿问，"好彻底了吗？"

"你看——"赵华连蹦带跳像个舞蹈演员。他就地转了几圈，表示已经好利索了。"没问题，今天就可以上工了。"

"No!No!"山姆张的头像个拨浪鼓摇个不停，"我的老板已经警告我，不允许再用你了。"山姆张耸耸双肩接着说，"这个活儿已经不适合你了。"

赵华张大嘴吃惊地说不出话。他根本无法接受这个现实。

"真的，这是真的。我无能为力。"山姆张继续摇摇头，"你没有落下后遗症我就谢天谢地了！我的老板也是这样说的。他怕你不能像个正常人，今天看到你这样健康，我就放心了。你不知道，你住院治疗期间花钱多少不说，可老板和我多担心哟！"

赵华好一阵才回过神，知道老板和山姆张为了自己不但花了钱，而且还操了不少心。怪不得每天都到医院来看自己。越是这样，越舍不得离开山姆张。赵华沮丧地说，"感谢山姆大哥，也请转告老板，我谢谢他。但是我的好大哥呀，那你让我现在怎么办？"赵华说完这句话几乎快要崩溃了。他带着哭腔，"快四个月了，虽然我没花什么钱，可是我也没有收入呀！你让我今后怎么办？"赵华看了一眼克莱尔，克莱尔也像明白了什么，同情地看着赵华。

岛国的农场像一幅美丽的画。赵华顾不上欣赏这些风光，低着头不停为农场主采摘西红柿。这种活儿看起来并不起眼儿，可劳动强度却非常大。一连四个月都没有干体力活儿的赵华，腰酸背痛咬牙坚持着……他想休息一会儿再采摘，可还没等站稳，眼前一黑，就一头栽倒在闷热的大棚里。

太阳当头，像一个火球。不要说没事儿站在太阳底下受不了，而那些在不透风的大棚里干活儿的人，那就更受不了。

赵华不知道晕过去了多久，当他苏醒后走出大棚，太阳已经落山了。赵华发现西红柿棚里只剩下自己一个人了，就提着半筐子西红柿来到自己先前堆放的地方，却不见那堆西红柿。他气得几乎要崩溃了。

农场主正准备离开，却发现赵华还站在工棚外。他关上车门走过来问："Hello，你怎么还在这里？"

赵华无奈地耸了耸肩。

"怎么还是这么少？"农场主看到赵华拎着半筐子西红柿冷漠地说，"这样下去的话我雇你就要破产了。"农场主边说边钻进了汽车。

赵华看着农场主绝尘而去，自己却还饥肠辘辘，干了一天的活儿，也不知道哪个缺德的家伙，把自己用汗水换来的劳动成果据为己有，自己却落得这样的下场。怎么办？兜里虽然有钱，可没地方去吃饭，农场离城市这么远，怎么办？赵华想到这里，已经快绝望了。他把目光从远处收回，落在了半筐子西红柿上，"唉，这不就是晚饭吗？"他沮丧的脸上露出了些许笑容。

第二天，农场主早早来到西红柿工棚前。他希望昨天那几个工人早点出现。他把车开到工棚旁停下，远远看着成熟得快要烂掉的西红柿心急如焚，无奈地回到农场办公室时，眼前的赵华让他吃了一惊。

熟睡的赵华，靠在工棚门口几乎是蜷缩一团。

　　农场主动了恻隐之心，站在赵华身旁，不知该不该叫醒他，正当进退两难时，赵华醒了。

　　"soory，我非常清楚住在工棚旁是违法的。但我没有车离开这里，请你谅解！"赵华站在一旁像个犯了错的孩子。

　　山姆张站在满载的货轮前，犹豫地掏出手机，拨通了赵华的电话："喂，赵华，你现在怎么样？"

　　赵华在西红柿棚里回答说："这个月利润还可以，老板对我挺好的。有什么事吗山姆大哥？"

　　山姆张把自己着急卸货的事情告诉赵华说："如果可能的话，晚上也行！"

　　赵华听着电话却不说话。他纠结地想，辛辛苦苦干了两年，自己好不容易得到农场主的信任，拿到了农场主西红柿产品的经销权，还刚刚注册了自己的公司，不想生意受到影响。可现在山姆大哥遇到了困难，自己不可能不帮这个忙。进退两难的赵华无言以对！

　　"喂，你怎么不说话？"山姆张在电话里等得有点不耐烦了问，"能不能来帮帮忙？"

　　"嗯，你稍微等一下，我一会儿打过去。"赵华说完，看着货车上满载的西红柿，回想起自己这两年的不幸与幸运，回想起山姆张在关键的当口多次无私地救助了自己，让自己积攒了创业的第一桶金。如果不是山姆大哥的帮助，哪有自己的今天。想到这里，用手机拨通了山姆张说，"大哥，兄弟晚上一定来，如果可能，我再带上两个朋友，当然，我得征求一下朋友本人的意见。"

　　山姆张高兴地在电话那头说："还是老弟好，关键的时候不掉链子，哈哈，好，我等你们，告诉你的朋友，工资从优，外加一顿丰富的晚餐，不能给老弟丢人嘛！"

　　赵华农副产品公司的生意越做越红火，而且还有了自己的品牌。他和四位洋员工，把农场主的水果、西红柿、西兰花等蔬菜，经过网格过滤，大小一样，没有伤疤，然后装在贴有"华尔莱"商标的周转箱里，打出自己公司的品牌。只要顾客看到"华尔莱"品牌，都非常喜欢，这个品牌主要供应洋人超市，赢得了许多信誉。没多久华人超市也找到他，希望能给华人超市供应。"华尔莱"品牌。这样一来，赵华的生意越做越大。

　　一大早，克莱尔开着车，来到位于市区北岸的塔卡普纳市中心。亲爱的克莱尔，欢迎你的到来！赵华和克莱尔亲吻了一下说，"来了许多朋友，他们都是来祝贺我们公司一周年的，你看—"他手指着已经有二三十个人的人群说，"今天这个庄严的时刻，我可以向大家宣布我们的婚礼吗？亲爱的，我早就等着这一天了。"克莱尔兴奋地亲吻赵华说，"我感到非常幸福！真的，亲爱的。"他看了看来人问，"山姆大哥来了吗？"

　　他突然发觉怎么没有看到山姆张的身影。他掏出手机拨通了山姆张的手机，可没人接听。正纳闷，人群里一阵鼓掌声传来他们俩不约而同地转过身，只见一个巨大的花篮慢慢向他们涌来。

　　花篮背后跟着一个乐队，奏响了喜庆的乐曲。

　　"哇，好棒呀！"克莱尔大声叫了起来。她看见花篮上醒目的。Dreamsc。metrue（美梦成真），惊讶地喊，"那不是山姆大哥嘛，花篮好棒哟！"

　　赵华手里的电话响了，他看是一个陌生号码，没有理会就挂断了，可还没有等他把电话装进口袋，手机又响了，"赵大哥，是我……"他听到了一个熟悉的声音……

　　Peter 李在 skyCity 酒店门口踱来踱去。

　　赵华远远看到 Peter 李，怒气一下子冲上了头，恨不得跑上去把他撕碎，以解十年来压抑在心底的痛苦。要不是在大庭广众面前，要不是山姆张拉着他，赵华一定会做出来的。

　　"赵、赵大哥，谢谢您给我面子！"Peter 李显得有些受宠若惊。他看到赵华身后还有两个重量级的大汉，心里有点害怕。Peter 李颤颤巍巍地做了一个手势，"大哥，请，我在里边订了位子。"

　　赵华三人，在 Peter 李的引导下坐在一张靠窗的桌子前。

　　Peter 李一挥手，点好的饭菜很快就端上了桌。再上两份同样的，外加一瓶 savBlanc 酒。Peter 李说，"赵大哥，看在我主动邀请您的分上，您先听我讲完，然后您想怎么发落都行，我没二话。"Peter 李把自己十年来的坎坷与磨难以及发誓改邪归正的艰难过程简单说完，"这就是过去那个不如禽兽的 Peter 李。"

　　赵华听着，目不转睛地看着 Peter，一言不发。

　　Peter 李把肩包从旁边拿了过来，放在赵华面前说："对不起哟赵大哥，今天我把您的东西和 4 万美元还给您，这是您借给我的。"Peter 李感激地伸出手说，"我知道，您现在是个大老板，这点钱可能已经派不上多大的用场，可这是属于您自己的，虽然这是我迟到的忏悔。"

　　赵华看着 Peter 李放在餐桌上那张银行卡，而且卡下面还压了一个信封，复杂的心情难以言表。进门之前，还恨不得马上撕碎了他，让这个混蛋从地球上消失了，可现在他真诚的举动，虔诚的忏悔却打动了赵华，怒不可遏的心情慢慢平静，继而又产生莫名其妙的同情感。

　　内心非常地纠结，Peter 李突然跪在赵华面前说："放心吧，今后您再也看不到我 Peter 李干那种缺德事了。赵哥，兄弟我对不住您。"

　　"你知道吗，我好不容易，好不容易打通了丹尼王的电话，可，可怎么都找不到你。害得我们老同学因此反目成仇。"赵华虽然声音不大，但语气却非常沉重。

　　Peter 李掏出机票说："下午的航班。我在这里作恶太多，实在待不下去了，我决定离开岛国重新做人。"他起身要走，可又回过头，指着银行卡补充说，"卡的密码在信封里。"转过身离开了酒店。

　　赵华收起银行卡和信封，什么话也没说，拾起肩包出了酒店。

　　山姆张看了一眼没有动过的精致午餐，紧跟着也走出了酒店。

　　赵华听到身后山姆张边走边自言自语，"有一千个哭泣的理由，就有一千零一个微笑的理由；有一千个伤心的理由，就有一千零一个快乐的理由！"接着又说，"林子大了，什么鸟都有。就让他去了吧！再说了，海面本来就起起伏伏，白帆随波荡漾，必然有帆影呈现。"

　　赵华站在天空塔下，耳边远远飘来"俄然觉，则蘧蘧然周也。不知周之梦为蝴蝶欤，蝴蝶之梦为周欤？"的天灵音。他懵懂地面对来来往往的人群，天灵音与那匆忙的脚步声和在一起。昏昏然中，他仍在帆船上漂泊，感觉人们仍然不停歇地在追寻着属于自己的梦……

　　　　　　　　2010 年 9 月新西兰"华文读书节"征文三等奖

冥　媒

引　子

2013年3月，陕西延安一团伙盗窃女性尸体并对其进行清洗处理后，伪造尸体医学档案，高价出售给陕北和山西等地，为男性死者配阴婚……

一

吉祥酒馆老板鬼使神差起了个大早，开门瞬间，与急匆匆跑进来的二柱子撞在一起，惯性和惊吓，使他一屁股坐在了门槛上："啊！你要吓死我呀？"

二柱子疼得抱着头，没好气地嘟囔："碰死你个龟孙？"一边往里走一边骂骂咧咧地说，"一盘油炸花生，八片酱肉，一瓶老白干。"一屁股坐在角落的座位上。

"咋啦？受惊了还是受寒了？"酒馆老板揉着脑门儿，也疼得龇牙咧嘴。"哎，甭提了！四更天交完货，主儿家却出了点差错，弄到现在才完。"二柱子搓着手，"把人饿日塌了？"

酒馆老板手指里夹着一瓶酒，肩上搭了条毛巾，一手端一个盘子，把酱牛肉和花生米放在二柱子面前："你以为！'冥媒'好做？不担惊咋能成交，是不是？"

"哎！现在呀，哪个行当都不好弄！"二柱子端起酒杯，仰起脖子一杯酒下了肚。

二

　　几经折腾，村委会终于批准陈实为父母申请的那块墓地。

　　箍墓前，陈实把他亲人从城里接回老家，让父亲亲眼看着。他找来风水先生，在西山坡的麦田里放置好罗盘，风水先生煞有其事地左瞅瞅右瞧瞧，一会儿掐着手指头，一会儿用脚丈量，几个来回之后，指着脚下的地方说，"这圆心周围四丈，都是最好的风水宝地。"为进一步说明自己看得准，他又指着左边滔滔河水，右边青石满坡，山上苍翠的松柏说，"左青龙，右白虎，前朱雀，后玄武。嘿！多么吉祥如意的风水宝地哟！"

　　陈实点头称"是"，虽似懂非懂，但却听着人耳。他付了钱，又塞给一瓶老白干，送走了风水先生。一直等在旁边的挖掘机，没用两个时辰，一个六米见方的大深坑挖好了。早就靠好的三个泥瓦匠，费了四天工夫，箍好了两个（1.5米宽×2.4米长）标准的大墓。墓穴门楣上的水泥墙还刻下"富贵厅"三个隶书大字。父亲看了儿子给自己准备好的墓地，特别是装饰得这么美观，从心底里感到满意。陈实看到父亲欣喜的神情，美滋滋地又让泥瓦匠回填好墓，待父亲百年之后启用。

　　为长辈生前选墓地，箍好墓，在山区被视为是一种尽孝积德的大事。普通老百姓都这样计较，何况有钱人呢！这件事着实给陈实增添了不少人气，赢得了许多赞扬。事毕，父亲让陈实专程去城里，把箍墓的事告诉继母，尽量说服她百年之后回老家安葬。

　　陈实带着一种喜悦的心情，与继母商量了好半天，仍不见继母动心。"你，你可要想好，百年之后真的不回老家了，那，那我就给我爸买个女人，让她陪我爸在那边过日子。"陈实怎么都说服不了继母，只好使出最后一招，才说了这狠话。

　　"啥？买个女人，不那么容易吧！人家一个大活人咋能愿意跟个死人埋在一起，你这不是大白天说梦话吧！"继母冷笑道。

　　"你，你知道个啥，住在城里孤陋寡闻！"陈实气得不知咋说，"现在只要有钱，有啥事还愁弄不成？"

　　继母被噎得够呛。"虽然你不尊重我，可我还要提醒你，用活人陪葬，这可是要犯法的！"继母头脑非常清醒，她一本正经地强调，"不管你咋刺激我，别想改变我的主意。我死了不用你管。我有单位，单位咋处理我都没意见，反正我不回那个穷山沟里去！"继母态度明确而坚定。

陈实没法说服继母，只好告退。他转过身"嘭"的一声出了门。

<h1 style="text-align:center">三</h1>

父亲从小跟着大人收山货，15岁离开老家，与村里七个差不多年龄的弟兄们走西口，生意越做越红火。到了关外，开了家会馆，把山里来的老乡聚在一起，生意拓展很快，势力也壮大起来。不久，马步芳砸了会馆，钱货被抢，青壮年被抓起来充军了，父亲在延川战役中负了重伤，弹片至死都还留在大腿里。马步芳队伍被打散后，父亲一直流浪在大草原上。60岁刚过，父亲孑然一身回到故乡，在老家一住就是两年多，还说在外闯荡了几十年，一直顾不上回来看看，现在可以了却心愿。虽然儿时的玩伴一个都不在了，可故乡那种与生俱来的亲近感，让他激动不已。

继母是位南方人，一直生活在大城市里，对农村卫生状况心有余悸，特别是那个旱厕很不习惯。所以她不愿意去乡下生活，更不愿意长住。故乡人那种淳朴，待人热情的民风，唤起了父亲儿时的记忆，慢慢地从心底里喜欢起乡村的环境和这些人。他把儿子陈实叫到身边嘱咐道，"我过世后，你继母人家不回咱们老家就算了，不要难为她，可你一定要把我埋在西山坡上，面朝阳光。"为了实现这个梦想，父亲还把一起从村里走西口的老朋友，自己掏路费请他们回到老家，摆了几桌酒席，当着乡亲们的面儿郑重地宣布，"我死了，一定请乡亲们帮忙，帮儿子把我埋在咱们西山坡上，我在阴曹地府也要享受咱家乡的阳光。"

陈实小时候跟着奶奶在农村生活，13岁那年奶奶去世了，父亲接他出去上学，以后又参加了工作。生母去世后继母一直不待见他，父亲无法调和他们母子关系，通过朋友又把儿子调回老家工作，也为自己叶落归根早做打算。可陈实回老家工作没多久，遇到企业重组，外资企业不愿意背包袱，让原来的工人全部下岗，陈实和妻子一起下岗了。从小在大城市里长大的妻子，本来就不愿意调回老家，正好借下岗提出了离婚，陈实只好一个人留在故乡。

国家在山区发现煤矿后，陈实向父亲要了点本钱，开了家小煤窑，煤窑正好选在煤层后腰上，出煤量非常好，不长时间，他就腰缠万贯。有了钱，陈实与邻村一个小寡妇结了婚。父亲告老还乡后，开始与儿子一家人住在一起。时间一长，父亲觉得与年轻人住在一起不自在，让儿子买了村里一个小院，独自住下，整天乐乐呵呵，与村里的老人打麻将、谈天说地。突然一天下午，父亲自摸诈和，一激动脑溢血去世了。陈实第一时间打电话告诉了继母，希望她能回来为父亲送葬。继母接到电话，立即把消息告诉了民政局，先领取了老头子九个月的工资和丧葬费，然后打电话告诉陈实，说自己身体不适，没办法回去奔丧，授权由陈实看着办理后事吧！

陈实委托村里的红白喜事协会，按照父亲生前的遗愿，在乡亲们的帮助下，把父亲安葬在早就准备好的西山坡上，墓地是一个双人合葬墓，旁边预留给日后的继母用。

丧葬事办完了，陈实又一次来到继母家，一是汇报父亲的葬礼和花费，二是商量继母百年之后回老家的事。可一进门，发现继母精神墨铄，红光满面，身体结实。当陈实说到花费数字时，继母却打断了："我知道了，这都是为你父亲尽的孝，应该的。"她指着桌子上的蔬菜说："你看，我就那点工资，现在城里物价不停地涨，医疗费也越来越高，我身边又没个儿女，总得找个保姆吧？不然到了动弹不得时咋办呀，是不是？"

陈实心里非常清楚，继母一直看不起农村人，又一辈子嗜钱如命，咋可能听他的呢！但他坚持仁至义尽："父亲的丧葬费和最后那九个月的工资应该可以拿到吧？"陈实试探着问。

"哪还有啊，都让我住院用了，还欠一屁股的账。"继母哭腔着说，"你，你打电话说你父亲去世了，我当时就像五雷轰顶，天塌下来一样，眼睛一黑什么都不知道了。多亏邻居正好来家里，要不然我可能早就没命了。"继母说到这儿，伸手抽出一张纸巾，捂着脸"哇哩哇啦"，哭了起来。

陈实觉得继母这出戏演得太蹩脚，但又不好当面戳穿，就站起身说："父亲的墓地是一个双人合葬墓，你百年之后，我再把你送回去埋在一起，地方我都预留好了。""啥，让我也回到那个穷山沟去？"继母一下子跳了起来，"我明确告诉过你父亲，他愿意回老家那是他的事，反正我不回去！"

四

陈实没有拿到丧葬费和父亲最后九个月的工资，还听了继母一顿绝情的话，只好坐飞机又回到了故乡。

　　和陈实年岁一般大的二柱子给他出了个主意："要我说，你继母人家是南方人，风俗习惯不一样。"二柱子瞄了陈实一眼，怕自己说的话不美气惹他不高兴，但见陈实没啥反感，就接着说："别看咱这穷乡僻壤，丧葬规矩却不少。就说这老人去世吧，如果只埋一个人的话，儿女就得给孤苦伶仃的老人家寻个伴，陪老人家在那边生活过日子，不然，老人家没个依靠就会到处流浪。你肯定听说过有孤魂野鬼的事儿，折腾得后人不得安宁。"

　　陈实听着听着，后背上像被一阵冷风扫过。他打了一个冷战，一种不祥之兆在大脑里升腾：眼前好像看到父亲佝偻着身子沿街乞讨，一会儿似在村里，一会儿似在城里，行踪没有规律，真成了一个孤魂野鬼。再看看父亲脸上，青面獠牙红头发，血盆大口合不拢，两只胳膊直愣愣伸向前，长长的指甲随时都能刺进人的心脏。陈实打了个激灵，出了一身冷汗。他赶紧问道："那，那这可咋办呀？"

　　二柱子一阵欣喜。心想："看来有钱人最怕死。果不出所料，我这个'冥媒'又有事可干了"他想吊吊陈实的胃口，故意面露难色，然后抓耳挠腮，显得急而又急的样子。"其实呀，这件事并不难办。"他叹了一口气，停下却不说了。

　　"快说呀，有啥好主意？"陈实确实有些着急。

　　"你，你只要有一片孝心，肯拿点钱出来就能摆平，保证让你一家子平安无事。"二柱子拍着胸脯，给陈实打了个保票。

　　"这，这算个啥，不就几个钱的事儿！"陈实舒了一口气，"说吧，用啥办法摆平？"

　　这时，二柱子诡异地笑了笑，没有立即告诉用啥办法。

　　陈实以为二柱子怕他不给钱，就语气肯定地说："钱，钱不成问题，咱有煤窑，还怕赖着不成？不就是两车煤的事儿，说吧！"

　　二柱子这才一本正经的样子："那，那这件事就解了。"他凑近陈实的耳朵低声说："办个'冥婚'一切不顺的事就都没了。"

　　"啥？'冥媒'？咋个'冥媒'？"陈实不大明白二柱子的用意。"听说过有人办'冥婚'，可咋个弄？"陈实摇了摇头。

　　二柱子拍着干瘦干瘦的脑袋说："你要是信得过我，这事儿就交给我来办，你只要掏钱就行，我保证给你办得漂漂亮亮的。"

　　陈实起身说："那就这么定了。"

　　"哎，那你得先付定金，我可没有那么多现金垫哟！"二柱子乞讨似的皮笑肉不笑，那种表情让人感到一种尴尬和诡异。

"得多少？"陈实是个爽快人。

二柱子犹犹豫豫地看着陈实，估摸估摸后，伸出两个手指头，"这个数。"

"两千？"

"两万！"

"两万块？那办完得多少？"陈实瞪大了眼问。

二柱子想了想说："估计得五万的样子。你想么，寻一个女尸不是件容易的事，要找个年轻的黄花闺女就更难。就是'媒人'再能行，还不得到方圆几十里的地方去寻是不是？寻到了还得跟人家谈'彩礼'是不是？付了'彩礼'还得安全弄回来是不是？现在运尸人都很难找，更何况你父亲是个有身份的人，你又是个远近闻名的孝子，咱不能随便弄个对付了是不是？"他掰着手指头算，"总共下来，差不多五万块，行吗？"

"好吧！一定要控制在五万以内。"陈实说完，转身就走。"那，那啥时给钱？"二柱子有些心急。

陈实连头都没回："来吧，跟我去邮局取。"

五

"冥婚"俗称"鬼婚"，又称"结阴亲""配骨""冥配"等等，因"十里不同风"，地缘不同，所以名称不一。但在民间流传最广的叫法还是"冥婚"。

"冥婚"，是一种十分愚昧落后的姻亲习俗，这种愚昧落后的习俗，却长期得到了远离都市的山区老百姓的认可。仔细考究历史，不难发现，举办"冥婚"的都是一些有钱人，他们通过这种特殊的姻亲方式来炫富。

有关"冥婚"的习俗，《三国志·魏志》里就有记载，（曹卫）年十三，建安十三年疾病，太祖亲为请命。及亡，哀甚。文帝宽喻太祖，太祖曰，'此我之不幸，而汝曹之幸也。'言则流涕，为聘甄氏亡女与合葬，赠骑都尉印绶，命宛侯据子琮奉冲后。二十二年，封琮为邓侯。黄初二年，追赠谥冲曰邓哀侯，又追加号为公。三年，进琮爵，徙封冠军公。四年，徙封己氏公。太和五年，加冲号曰邓哀王……

上述史料说的是曹操曾为其夭折的爱子曹冲举行"冥婚"，女方是一户姓甄的人家。一方是权倾朝野的枭雄，一方是资财雄厚的富商，这门"亲事"可谓门当户对。可这对"小新人"是否幸福就未曾可知了，因为死人是不可能开口说话的。

"冥婚"这种习俗，虽然已经很少见了，但在山区偏僻落后的地方仍有残余，进而流传出许多光怪陆离的故事，令人骇然。

六

二柱子揣着陈实给的定金，屁颠屁颠地跑到吉祥酒馆要了一盘油炸花生米和八片酱牛肉，外加一瓶老白干，一个人坐在角落里喝了起来。

"哎，柱子，又来生意了？"酒馆老板非常清楚，二柱子只要来了外快，肯定要来先满足一下嘴巴。他一边收拾桌凳，一边抹着桌面，随便聊聊，想套二柱子的话，"好长时间没见你的人影了，在哪儿发大财呀？是远山有人请的生意，还是近前的买卖？或是……"

二柱子一边"吱啦"抿着酒，一边用筷子扒拉着花生米。他瞄了酒馆老板一眼，得意扬扬地说："来生意啦！还是个大买主！"说着端起酒杯又抿了一口，忽然像想起了啥似的，转过头神秘地问，"哎老板，你，你那天不是说上村一个大闺女死了，是哪一家的？"

酒馆老板一听这问话，心里乐开了花，显然二柱子又揽了"阴亲"的生意，从这神气上判断，价码肯定不低，心想：把上村那个女娃的事告诉他，自己从中也能弄俩钱。"哎，二柱子，你还记得我说的那个女娃？告诉你吧，我这儿不只有一个大闺女的尸源，而且还有好几个呢！"酒馆老板一边说一边观察二柱子的神态，"别忘了我是弄啥的。这方圆几十里地儿，谁家有个红白喜事的还不得到我这儿来办酒席！"他胸有成竹地问："是不是有了买主，还没弄到女尸？"

二柱子放下手里的酒杯，眉头一跳，心想，这家伙真是眼观六路耳听八方，占着酒馆这有利地形，肯定错不了，以后与这家伙多合作，也省心省事。他笑嘻嘻地问："看来酒馆老板不光做活人生意哟？你手里当真有现货？说说看。"

酒馆老板直截了当。"那当然！如果有你看中的，你给几个子儿？"

二柱子想了想说："那就看啥成色了？你不说我咋出价。"

"刚满20岁的黄花闺女，你说值几个？"酒馆老板也端起了架子。

二柱子满眼发光，讨好地说："好说，好说。来，来来，咱哥俩好好喝两杯！"

　　要说近年来"冥婚"死灰复燃，与山区这几年矿难事故多发有着直接的关系，因为遇难者大多数是些未婚男子。一个未婚男子死了，那他的家人一定会找来一具女尸与其合葬。"冥婚"，美其名曰还有一套仪式，其过程大体分为四种情形：寻找尸源；"冥婚媒人"与双方谈妥"彩礼"；举行"冥婚"；阴配合葬。完成这些环节，必须借助"冥婚媒人"来实现。

　　在这四个过程中，寻找尸源最为重要。

　　没有尸体，拿什么来阴配合葬呢？

七

　　进入新世纪以来，地质矿产部门在山区一带，发现了储量丰富的多种矿产资源，尤以煤炭为盛，正好缓解了日益出现的能源危机问题。除了国有大型煤矿企业以外，小煤窑随处可见。这些小煤窑设备陈旧，大多数都是国有煤矿企业淘汰的设备，加上缺少技术人才，采煤技术落后，所以每天都有矿难发生，死伤人数少则几个，多则几十。也就是说，每天都有数场甚至数十场的"冥婚"举办。但人的生老病死是有规律的，不可能一个未婚男子死了，就刚好能找到一具女尸与其阴配合葬。所以用来阴配合葬的女尸异常紧俏，"彩礼"一抬再抬，一具完好的女尸往往不问出处，就可卖出四五万的价格。正是这高额的利润，给一些不法分子提供了可乘之机，他们无视道德与国法，竟然挖墓盗尸！

　　陈实老家正好位于大山的煤矿集聚区，一些像二柱子这样不务正业的"闲人"专事这种营生，是方圆几十里有名的"冥婚媒人"。二柱子与酒馆老板达成协议：事成之后，他给酒馆老板抽二厘的红利。二柱子给酒馆介绍来的客人，酒馆老板也给他二十的回扣。真是达到共赢，互惠互利。有了这档子事，二柱子借口在酒馆一连吃了两顿饭。酒足饭饱之后，到了半夜月儿西下时分，摸着黑悄悄到上村公墓来踩点，寻找了好一会儿，也没见啥新坟。"酒馆老板，你忽悠俺呢"嘴上虽这样骂骂咧咧的，但仍不死心。他绕着一大片乱坟岗，又一次仔细勘察起来。

　　"哇喔——"从阴森森的乱坟岗传来一声尖叫，把神经紧张的二柱子吓得尿裤子了。"怦怦"的心跳声，使他满脑子都是"嗡嗡"的轰鸣声，两耳快失去了听力，一屁股坐在坟地上。他屏住呼吸，偏着脑袋，静静观察周围的动静。"哇喔——"一只野猫从旁边蹿了出来，发绿的眼珠子，又让他头发都竖立起来。"混蛋，快把老子的魂儿吓丢了！"忽然，脑子里闪过一个念头："哦，年轻女子？非正常身亡！"二柱子会心地笑了、

这大山里不知从哪个朝代起，有了一个约定俗成的规矩，一般非正常死亡的人，是不能进人公墓埋葬的、二柱子想到这儿，离开公墓的乱坟岗，沿着一排排土男坎寻找，果然在离公墓不远的第三个男坎下，一座孤零零的新土包赫然出现在眼前。"妈妈的，冤枉酒馆老板了。"绕着新坟一边看一边喜滋滋地嘟囔着。

八

踩好点儿，二柱子从深山里的村子叫了三个壮汉，在酒馆弄了些卤牛肉…大葱煎饼…肉包子和老白干，提到土男坎下管他们吃好喝足，然后借午夜时分，趁着黑风天气一气呵成、看着三个壮汉从棺材里抬出女尸，又将棺材下葬埋好，堆成一个完好的新坟后，二柱子付给每人100块钱，外加一瓶老白干，这些人得手后一哄而散、他借昏暗的星光扒拉着女尸，发现面容姣好，一阵邪淫升腾，也不顾僵尸，一看四下无人，嘴里振振有词地念着谁也听不懂的咒语，向女尸三跪拜三叩头之后，脱了裤子爬在女尸上捣鼓了半天，算是人生又快活了一回、掏出从酒馆里偷来的餐巾纸，把女尸下身擦了擦，整理好女尸衣服，装进事先准备好的麻袋里，坐在女尸旁等候运尸人的到来、

挖墓盗尸…运尸交货，是有严格分工的、挖墓盗尸者一般不运尸。运尸人都是些面目狰狞，身短胳膊长，寡言少语之人。但盗尸人对运尸人却极为尊重，他们往往能得到比别人多出一倍的分红。因为没有运尸人，尸体永远到不了买主手里。通常情况下，运尸人会在得到尸体后，换上一身红衣红裤的工服，背着装有女尸的麻袋，在午夜时分至凌晨三点前，把货交给买主手里、据说在这个时辰，尸体的阴魂正在鬼门关游荡，喉气最弱、一路上，运尸人会口念咒语，引领着阴魂去往娘家。因为运尸人背着一具尸体，同时在他身后还跟随着一个模糊的黑影儿，那就是被称之为阴魂的东西。阴魂之所以跟随运尸人去往娘家，完全取决于运尸人口中的咒语。如果咒语稍有差错，那阴魂一旦受到惊悸，后果不堪设想……

二柱子常雇佣的运尸人是一个五大三粗的汉子，年龄大约四十五岁上下，黝黑的脸上刻下了岁月的痕迹，脑门上的头发过早谢顶，显得比实际

年龄要长几岁。

"咋才来？"二柱子有些怨气，"赶紧走，要在四更前送到，否则……"说着，把两张红票子塞到大汉手里，"超过时辰，别说剩下的钱，就连你手里攥的，也得交回来。"说完转身走了。

午夜悄然，深不见底的苍穹被钉在夜幕之上，稀疏的星点儿宛如一双双半闭半睁的眼睛。一片死寂的田野上，忽然响起一串诡异的摇铃，伴随着摇铃声，黑暗中出现了一个猩红色的亮点。那亮点由远而近，星光照亮了那模糊的形体。那形体就是运尸人的装扮，嘴里不停地叽叽咕咕，念着谁也听不懂的咒语："阿弥天妇女们，阿弥陀佛，和年一拉惹我的……"运尸人嘴里叨诵着咒语，让人迷惑不解的话到底是什么呢？

如果你用心听，假如你略懂一些佛经的话，那么你就会知道他说的是什么了……他嘴里念的是佛经《大悲咒》。《大悲咒》是观世音菩萨的大慈大悲经，有修炼成佛的，有济世渡人的，有去病除灾的，有亡灵超度的，有引度亡灵至彼岸的等等。但在这午夜时分，这佛经从运尸人口中传出来却显得异常诡异，完全失去了佛家应有的庄严与肃穆，还有仁慈。

红衣红裤的运尸人步伐稳健地走着，但如果你仔细观察就会发现他的动作很怪异。左脚向前迈，然后右脚跟上来，接着又是左脚向前迈，右脚跟上来……整个身体像个螃蟹似的横向机械地移动着……手里不停地摇着铃铛，配合着怪异的步伐，在午夜的空气中荡起令人窒息而惊悚的寒意……无处无孽债，无处无恐怖！铃铛声停止了，运尸人终于可以歇一歇了。

"我歇一会儿，你也歇一会儿。"运尸人对着麻袋喃喃低语。他摸了摸麻袋上的黄表纸，还好没有掉。"快到了，就快到了，再走半个时辰，你就到地方了。那户人家不错，有钱有势，你就好好在那儿安息吧！"他伸了伸两只发酸的胳膊，活动了一下硕长的身躯，忽然想起了年前也是运了一具女尸，就在不远的地方，遇到了蒙面劫尸人……

……那是壮汉歇息时，刚刚点燃了自制的烟卷，用力吸了一口，定了定神儿，两股浑浊的烟雾从鼻孔里喷了出来。

"嗖——"一声，一只乌鸦以极快的速度划破夜空，飞向刚刚离开的乱坟岗。运尸人感到有些怪怪的，但一下子又说不出来哪儿不对劲。他低下头看了看地上的麻袋，没啥异样。抬起头四下看了看，一切都一如既往的安静。可他心里还觉得不踏实，运了这么多年的"货"，从来没有像今晚这样让人说不上来的怪感觉。"不妙，有东西跟着我！"他猛然转身，一股冷风迎面而来，打了个寒噤。他眼前顿时一片黑暗，一切生命仿佛都已经死去。

远处的乱坟岗上，隐隐约约有模模糊糊两个黑影在晃动。

"谁？"运尸人对着乱坟岗大声道，"你们从坟地一直跟到这儿，到底想干啥？"

两个黑影依旧在那里晃动，却没有回应。

"我只送阴魂该去的地方，你们不是我送的主儿，识相的话，快快离开！"他在口袋里掏出一张黄表纸，捏在手里说，"时辰快到了，不要耽搁我的主儿上路。我不计较你们捣乱，快快回你们该去的地方吧！"

乱坟岗依旧一片死寂。

"不要再跟了，是敬酒不吃想吃罚酒呀！"运尸人捏在手里的黄表纸在胸前一绕。"呼"一声，黄表纸无火自燃，火光照亮了运尸人狰狞的面孔。"驱鬼——"

乱坟岗传出来一阵"魑魅"的惊恐声。

"想跑，来不及了！"运尸人冷笑着，双手擎起燃烧的黄表纸，冲着乱坟岗一扔，只听见一阵凄厉的哭声在运尸人背后响起。他心里一紧，那哭声像是从麻袋里传出来的。"糟糕，阳气太重，尸变！"还未等运尸人转过身，一双冰冷的手从身后紧紧地掐住了他的脖子。

不知过了多长时间，当壮汉醒来时，女尸不见了踪影，一切已恢复了平静。

想到这儿，运尸人心头一紧，低下头，脸贴地面，沿着地平线向四下看了看，没发现有黑影儿，赶紧背起麻袋加快步伐往前赶。

九

村头不远的开阔地里，用十几令苇席搭成的临时灵堂，上有彩条布盖顶，周围用苇席遮挡，里边两条板凳支起一口宽大的双人棺材。

身穿猩红色袈裟的和尚，口中振振有词地念着咒语。一切准备停当，只要女尸一到，合葬仪式立即举行。

"你看，那是不是运尸人？"陈实一个朋友指着模模糊糊的人影问。"按时辰应该是。"二柱子看了看手机回答道。

"快，快帮帮忙。奶奶的，死沉死沉的妞儿。"运尸人看着二柱子上气不接下气地说。

二柱子帮忙把女尸放到地上，转过头对陈实说："这可是个黄花闺女，你要不要去看一眼？"

陈实顺口一句："何以见得？"并没动窝，而用手拍了拍旁边另一个伙计说，"你胆子大，要不去看看？"

"不就是一具女尸吗，有啥好看的！"伙计也不想到跟前去。

二柱子把运尸人拉到一旁，把剩下的钱塞给了他："下次有活儿我再叫你。"说完，又给了一瓶老白干。

运尸人啥话都没说，提着酒转身走了。

"方丈师傅，那就请你给看看吧！"陈实把难题交给了穿袈裟的和尚。

和尚近身一看，女尸还装在麻袋里，"没解开咋看吗？"显然也不乐意，但拿了人家钱，就得按人家意思办。

二柱子解开麻袋，一股腐尸味儿冲鼻而来，差点儿把和尚熏倒。

和尚把手伸进女尸的胸部摸了摸，狞笑着问："嗯，施主是个大闺女，两个嫩乳直挺挺的，主儿家验收验收？"

陈实回答："不了，相信你，咱们开始吧！"

和尚双手合十，口中念念有词，按照点火升帐、请召亡灵、祭祖告慰、夫妻人棺、合棺人殓、敬送亡灵等等程序，一招一式认真操练。

"将故者装入棺椁。"和尚拉长声调。

来帮忙的伙计们给女尸穿衣（寿衣）、铺棺、烧纸后，开始人殓。

"孝子行——服抱礼。"和尚又是一声长音，"'冥婚'，仪式，现在开始！"

陈实披麻戴孝，给女尸头上围了一块红布，双手抱头，另外4个朋友抬起尸体，脚先人，头后进，放进陈实父亲的棺木里。和尚走近，挥了挥手，让旁边人离开，自己动手把女尸袖口和裤脚系的麻帔解开扔掉，并在女尸双手里放上馒头。馒头称为"打狗干粮"。然后把女尸身上的白布取下，送给陈实束腰，名为"留后代"。又在男女身上铺七张银箔，最后从头到脚蒙红布七尺，俗称"铺儿盖女"。给死者铺盖停当以后，在棺内又放置了一些生活用品说，"记住，棺材里禁止放毛织物和毛皮制品，如毛毯、毛毡、皮褥子、毛皮鞋之类。这是犯忌讳的，故者就会'着毛变畜，错胎转生'。"说完，抓起一些五谷、纸钱，又说，"放几片驴蹄甲片和生铁，取的是'人土开路'之意。"

人殓完毕后，然后盖棺，又称"合棺"。木匠拿起榔头棺盖楔钉。钉棺一侧用钉七枚，每颗钉子上把撕下的红布条各垫一小块。钉棺时，陈实立在棺旁口喊"躲钉"。参加钉棺的朋友都身系红布条，陈实给钉棺的人赏封，称为"喜钱"。盖棺以后，陈实手拍棺木数次，俗称"叫醒"。和尚把事先做好的"獗片面"放于灵前供献，稍待片刻，由参加人殓的人分吃，表示从此与死者永诀了。

和尚双手合十，口中念念有词。

伙计们忙着收拾灵堂之外的家什、工具，准备抬棺敬送亡灵。

和尚一招一式认真操练，孝子陈实一会儿三叩首，一会儿烧纸钱，一会儿绕灵堂，一会号陶大哭，折腾得他几乎精疲力尽，才算"冥婚"仪式结束。

"'冥婚'仪式结束。"和尚又是一声，"起灵——"

8个小伙子分为四组，每两人把一头，俗称"八抬大轿"，抬棺下葬。

陈实跟在棺材后面，一边走一边哭丧，到了墓地，眼看着伙计们人土掩埋、堆起了一座新坟茔。

和尚站在新坟前，默默地不知道念叨了些什么，然后大声说，"夫妻双双，阴间欢乐，有依有靠，幸福生活！"

陈实坐在新坟前，虽然没有眼泪，可在和尚的指挥下，又是三叩首，又是三哭别，又是绕着新坟转了三圈后，才算结束。

陈实手里拿着烟酒，嘴里不停地说，"谢谢乡党，谢谢朋友们了！"给伙计们、朋友们递烟、送酒，让每个人都喝几口，暖暖身子，驱驱邪。

折腾完，天色已经麻麻亮了。

十

第二天中午，陈实在吉祥酒馆摆了三桌酒席，宴请这些为父亲举办"冥婚"的朋友们。二柱子，陈实十几个伙计、朋友，还有酒馆老板，大家一边喝酒，一边谈笑风生。

酒馆老板悄声问二柱子："货咋样？主儿家满意吧？"然后大拇指、十指和中指捏在一起搓了搓。那意思二柱子心知肚明。他怕酒馆老板抖搂得露了底儿，赶忙拉着他进了储备间，从上衣里边的口袋掏出一个大红包，"啪"一声放在酒馆老板手心。"这次主儿家大方，一出手就是这个数。"他伸出三个手指头，又加一个小拇指。

"啥？才三万五？"酒馆老板瞪大了眼，根本不信二柱子的话，"这么好成色的货，咋就给这个数？我去问问！"

“哎，哎哎，你这就不对啦。咱说好的，二厘的红利，就这么多！”二柱子口气强硬，不容分说。“黄花闺女是不错，但都快头七了，要不是人家棺材密封好，早就化成一包水咧，咋能比得上三天以内的值钱，价格缩水半截子呢，你咋不说！”二柱子来气了。“再说了，这三桌饭菜加上酒水，少说也得三千多吧？介绍费我就少要几个还不行？这以后的买卖你找谁做去？也就遇上了我这好说话的人，才给你分红，放在别人身上，人家背着你，弄完了你连个钱毛都见不到。”二柱子说完转身出了储备间。

“弄啥呢？给脸不要脸是不是？我是‘热脸贴在冷屁股上’，连答谢的对象都不见了，还答谢个球！”陈实一脸不高兴，“咋咧，该不是又来生意了？再不上席，你就埋单吧！”

“哎，哎哎，这可是你的答谢宴，咋能让我埋单呢？我埋了单，岂不是弄反了！”二柱子急了。

“哈哈，哈哈哈……”看着二柱子猴急样子，陈实变怒为笑，和几个朋友开心地大笑起来。

酒馆老板出来看到这个场面，也咧着嘴无奈地笑了。

尾　声

“冥婚”是一种腐朽的礼仪，人类社会早就进入现代。可沉滓泛起，是不是经济富裕，人们反而缺失信仰？

人为什么需要信仰？信仰作为一种超自然和超现实的存在，是人类内心的一种依赖。如基督教的上帝，佛教的极乐世界等。

现代中国，是一个具有工业化和现代科技的新型社会，应该继承中华文化优良的传统，要让人们内心安宁，就要找回虔诚信仰。

中国人信仰的基础是“天地”和“良心”！

［引子涉及的盗尸团伙，被陕西省延川县人民法院判处 2 年 4 个月至 2 年 8 个月不等的有期徒刑……—摘自中国法制网］

2007 年深秋一稿于西安太白书屋
2015 年 5 月二稿改于奥克兰北岸

杀 猪 匠

一

黄土坡上有一座庙宇，香火常年不断。每年春节，方圆几十里的人们都要到这里来敬神祭祖，走高跷，耍社火……因为这个村北边庙宇就是很有名气的青龙寺。

青龙寺村因此而得名。

日月如梭，转眼工夫，这日子就不知不觉地又过到年根儿了。

青龙寺村的二愣子最怕过年。因为平时可以走家串户，解解寂寞，可这大过年的就不好再去串门子了。

二愣子是个孤儿。在他五岁那年，青龙寺村流行一种怪病，父母先后离世，也不知道得的啥子病。扬子的父母收留了他，从小和扬子在一起生活、上学、玩耍。扬子父母去世后，二愣子靠吃村里的百家饭长大，成人后一直找不到对象。加上没有自留地，也没有什么特长，父母也没有给他留下什么家产，好不容易才说了个对象，人家姑娘来家里一看，家徒四壁什么也没有，姑娘转身就走。

二愣子发誓要学一门手艺，来改变自己的生活，可选来选去都不适合自己。为了填饱肚子，就跟着杀猪匠人混口饭吃。久而久之，从看热闹到看门道，慢慢学会了杀猪这门手艺。师傅见二愣子人胆大心细，就刻意教他两手，并强调"该急的时候不能慢慢来，该慢慢来的时候不能急。"师傅还现身说法。"把猪压在案子上，你慢慢来，那还不让猪给跑了？这时，一定要手脚麻利，喊哩喀喳刀进猪毙，既减少猪的淤血，又顺势把挣扎猪的血液放净，保证猪肉新鲜，色泽光亮，吃起来适口。否则，杀好的猪肉，不但不好看，吃起来血腥味很重。"

二愣子虽然没有多少文化，但对杀猪师傅的说教却记得牢牢的。

自从川道上开始有了自由市场，村里就有人也养猪了。有些人请不起杀猪匠人，就找二愣子义务给杀猪，然后给二愣子一些头肉或下水。每到过年，村里人就不用赶集买肉了。

黄土坡上这个百十户人家的村里，家家户户都开始准备过年用的吃喝。这时，还没杀猪的那些人家便忙着准备杀猪了，如果再不杀猪到了年根儿那就来不及了。此时，大人们议论最多的便是杀年猪的事情了。王老二跟扬子说："村北头老龙家养的猪最肥咧！"

扬子点头称"是"。"南头狗娃齐家的猪最不好杀哟！"

齐家狗娃这时走过来说："王二愣子不但会杀猪，人家灌的肠子最好吃咧！"

二

通往黄土坡青龙寺村的道路，地势十分险要，道路两旁是悬崖峭壁，岭大沟深，交通很不方便，村民们的日子过得比较贫困，所以村子里家家户户都要自己养上一两头肥猪，再养几只鸡。肥猪是人们一年的主要经济来源，而鸡蛋则是用来换取日常的油盐钱。等到快过年的时候把猪杀了，卖一大部分肉用来还账，盈余了就把钱存起来，以备急用。卖肉的钱除了留够一年的备用外，还要买些烟酒糖茶和布料等过日子离不开的东西，若手头上再有几个零花钱，就算是富裕日子了。留下小部分猪肉，除了请亲戚朋友在杀猪时吃顿杀猪宴和过年吃外，剩下的肥肉、肠油和腰子全部切碎熬成猪油，连同熬油剩下的满口香油渣一起装在一个大坛子里存放起来。剩下的瘦肉用盐腌好，做成腊肉放在缸里，留着以后家里来客的时候招待客人用。

过去这穷乡僻壤最难的事情，是给儿子娶媳妇。因为交通不便，坡地薄，长不了啥庄稼，更别说收成了，所以川道的姑娘根本就不上岭。快小四十的王二愣子，杀猪手艺越来越高，在方圆的名气也越来越大，就连古镇市场上卖肉的，都议论二愣子的手艺好。

说来也巧，有那么一段时间，城乡流行崇尚手艺人的一股风。杀猪匠人二愣子的名声大噪，一位川道上的姑娘慕名而来，二愣子的婚事不费吹灰之力就完成了。从此，孤儿出身的王二愣子有了一个温暖的家，生活也过得红红火火。第二年就有了儿子，次年又有了女儿。真是"中年得子富不尽，一双儿女有孝心"。

黄土坡上青龙寺村的人们，一年不吃肉可以，但不能没有油哇！老人们经常这样说，"是呀！农村的活计是粗重艰苦的，生活却是贫困清淡的。"在地里劳累了一天的人们，饥肠辘辘回到家中，坐在饭桌前，如果顿顿都是小葱蘸大酱，清水熬萝卜，时间长了恐怕就会撑不住的。有了猪油，尽管没有肉，但一年的菜里毕竟还有点油水，吃起来也带着香味，因此，养猪对青龙寺村的人们来说是非常重要的。无论怎样的辛苦劳累，也要坚持割野菜，回家煮熟掺上糠皮、麦耕子，好歹也要喂上一头肥猪，熬上半缸或一坛子的猪油，起码一年的油水就有了保障。

"她婶子，你看看人家老龙家，都快杀猪了，可猪油还剩一大坛子呢，人家那才叫真会过日子哟。"扬子的老婆一边麻利地纳着鞋底，一边羡慕地说。

王老二的媳妇头也没抬答道，"是呀，有的人家过八月节的时候，就没油吃了，熬的菜清汤寡水的没点儿油星，你说这日子是咋过的呢"。女人们闲暇时坐在一起，就喜欢嚼舌头根子，家长里短的偏个没完。在青龙寺村里，谁家养的肥猪大小，家里猪油多少，是人们闲下来总也议论不完的话题，也是当地衡量女主人是否能干，是否会持家过日子的一个重要标准。

越到了年根的时候，也越是青龙寺村家家户户忙着杀猪的日子。此时的人们见了面，往往都会问一句："你们家杀猪了吗？几指膘啊？"村民们早已经习惯了一个巴掌是五指膘，一个指头厚的叫一指膘。谁家养的肥猪膘要上了三指、四指，甚至五指膘，谁家就会感到自豪，说明这一年养猪没有白费工夫，膘厚油多嘛！起码家里来年的吃油不用犯愁了。另外，人们肚子里缺油水，在他们看来猪肉当然是越肥越香，越肥越解馋，吃得满嘴流油，那才够味儿呢。有的人家养的肥猪尺宽的背上，能平稳地放上一小碗水，可见这猪养得有多肥哩。那些养肥猪的人家都会受到别人"啧啧"的称赞，他们自己也显得很得意。

只要有人张嘴夸奖，主儿家便马上回应："杀猪时来帮忙呀，到时候一定有碗肉血肠吃哟！"对方则回应道，"放心，我一定去，到时候你就把大肥肉片子炖得烂乎些吧，大碗盛上，我会使劲儿吃个饱的。"主儿家兴奋地说：

"呵呵，那好吧，我把肉炖烂了等你来。"

就这样慢慢地，过年杀猪在村民们眼里便成了年根儿一件大事了。如果没有了这件事，人们便觉得不像过年，也不能担当他们一年的企盼。所以不管多累，人们也要在家里养上一头肥猪，猪喂得越大越肥越好，小一点儿也行，总比没有，眼巴巴看着别人家杀猪强多了。用他们的话说，就是图吃个全货。

三

有钱没钱，杀猪过年。村民们对杀猪寄托着一种特殊的情感，是勤俭一年里对财富最奢侈的一次挥霍，是对一家人一年辛苦的犒劳，是对没文化娱乐的日常生活一次节日盛典和狂欢。所以只要听到肥猪在院子里不断的嚎叫声，听到孩子们快乐的嬉戏声，听到隔壁邻居的吆喝声，年味儿立刻就在整个村子里蔓延开来，也在家家户户每个人的心里乐开了花。

傍晚吃饭时，扬子俩口子开始商量明天杀猪的事。杀猪匠人是提前定好了的，因为村子里只有一个杀猪匠人。"多亏咱早就号上了，不然还排不上队呢。"扬子得意地说。

"就是么，不在定好的日子里杀猪，那以后可就没有时间了，那过年的时候，咱也就吃不上肥猪肉了。"老婆倒会附合自己的男人。

"哎，当初一念之差，老爸让我学杀猪，母亲咋都不答应，还说当个屠夫多难听，以后俺娃连个媳妇都寻不着咋办？可现在你看，杀猪这门手艺还他妈的很抢手也。"扬子有些后悔。"不过说起这杀猪活计，可不像杀个小鸡什么的谁都能干。不但要把猪杀死，还要把猪拾掇得干干净净，这可是要手艺的。当初还看不起人家二愣子，要说这村子里具备这门手艺的人，也就是二愣子杀猪匠莫属了。"

王老二家本来应该早些时候杀猪的，可因为近一个月来杀猪匠早已经排满了活计，本来二愣子与王老二还是本家呢，眼看着年根儿近了，二愣子就是腾不出手给王老二家杀猪。所以，到现在还一直等着。

扬子说："明天是咱和二愣子定妥的日子，应该可以杀猪了。"他转过身问老婆，"哎，杀猪用的东西都准备全了吗？还差什么东西吗？"

老婆想了想说："全了，不差啥了。灌肠子用的荞面和大盆漏斗都有了，葱蒜都是现成的，扎肠子用的麻绳儿也都剪好了，桌子和木板子都是现成的，明天搭上案子就能用。接下水的簸箕是现成的，放肉用的缸也涮出来了，放猪头猪蹄子的大筐也准备好了。就差该叫谁来吃肉了，等杀完猪，让咱儿子林娃子去把来家里吃肉的人叫来就是了。"

扬子听了满意地说："那就这样吧，我吃完饭就去告诉杀猪的二愣子，让他明天早点来。林娃子，明天你寻几个灵活点的人来帮忙抓猪，等晚上我回来，咱们再合计合计都叫谁来吃肉。"

林娃子一听明天要杀猪，这下可乐了。"行，不用明天，一会儿，我就出去寻，帮忙抓猪杀猪这好活谁都愿意抢着干，又有肥肉又有肠子吃的，叫谁谁来。"

晚饭后，扬子和儿子出去找人了。晚上扬子老婆没再喂猪，只给肥猪喝了点儿水，为的是明天杀猪后容易清洗肠子及下水。

扬子老婆收拾完屋里，想到明天就要把大肥猪杀了，心里不觉还有些难过。她来到猪圈旁边，有些恋恋不舍地抚摸着大肥猪。大肥猪哪里知道明天就是自己末日呀，哪知道主人把自己喂肥了就要开杀了呀！肥猪正纳闷女主人今晚为何不喂它了呢？因为平时这个时候，自己已经吃饱，开始睡觉了，今天这是怎么了，光给喝点儿水不给吃的了？大肥猪是饿了，一边乞求地望着女主人大声哼哼，一边蹭着女主人的手要吃的。

"唉，别要了，你的食吃到头了。"扬子老婆看着大肥猪无奈地叹了口气，不舍得拍了拍它的身子，眼圈有些红了。她赶紧离开了大肥猪，回到屋里又拿起鞋底纳了起来。

大肥猪生气地拱着圈门，还发出不满的哼声。等了一会儿，见女主人还不来喂它，这才哼哼唧唧地回到圈里趴下了。

第二天一大早，扬子全家早早起身，扬子老婆做着早饭，儿子林娃子把院子齐齐扫了一遍。匆匆吃完早饭，各自便开始为杀猪准备东西，一年的念想就都在这里了。

过了一会儿，村子里唯一的杀猪匠二愣子走进了院子，手里拎着明晃晃的杀猪刀，另一只手里拿着一根铁挺棍和一把刮毛用的铁梦刀。

"我先看看你们家的肥猪。"说着，杀猪匠二愣子来到了猪圈前，看了看在里面趴着睡觉的大肥猪对扬子说，"扬子哥，你们家养的这头猪不小呀，在咱们村里是数一数二的了，你看肥成啥了！"

"还行吧。走，上屋坐吧，抽根烟，喝点儿水。"扬子把二愣子请到屋里坐下，递上了烟茶，陪他扯着闲话。

"兄弟,你看着能杀多少?"扬子问。

"我看咋地也能杀个二百来斤吧。你们家这猪膘厚,肯定压秤。你要是不信,就去村委会把抬秤拿来,咱们约一约。不过和我估摸也差不了太多,铆大劲儿也就差上个十斤八斤的。"二愣子喝了一口茶,自信地说。

"不用了,你估摸的八九不离十了,还约它做啥。这几年你说得准着呢。"扬子对二愣子的眼光那是绝对相信的。

杀猪匠人二愣子手艺高强,杀猪活儿干得快,手下利落,猪也总是拾掇得干干净净,让人看了就放心。要是主人求他把骨头和肉剔开,剔下来的骨头几乎不带什么肉,别人是干不了这活儿的。青龙寺村子里原来也有两个杀猪的,但他们干起活来总是拖泥带水,拾掇得不利落,看着也不干净,其中一位因手下不利索还险些丧命。在给邻居杀猪时,被嘴里叼的烟给呛住了,刮猪毛的铁梦刀失手刺破自己大腿动脉,要不是旁边看热闹的村医及时抢救,杀猪人肯定血流光,那就丧命杀猪场了。所以,人们宁愿排号等着二愣子,也不去找他俩杀猪了。后来他俩索性不再干这一行了,最后就连自己家里杀猪也来找二愣子。

人们对杀猪匠二愣子很是敬重,每逢他干完活,吃完饭回家时,主儿家都要给他送上煮熟的血肠和一块生猪肉,表示谢意。这几乎已经是村里不成文的规矩了,家家都是这么做的。不过杀猪匠二愣子有个特点,就是不要人家的猪肉,只要猪尾巴。他说大家养个猪不容易,乡里乡亲帮忙是应该的,自己已经连吃带喝造了一顿了,还拿什么猪肉呀。实在要送就送猪尾巴,表示个意思就行了。他还说,猪尾巴动来动去的,是猪身上的活肉,好吃,后来人们干脆就直接送他猪尾巴了。听老人们讲,给杀猪人送猪尾巴还有一层寓意,那就是意味着有接续,明年还能养猪,过年的时候还能杀猪。

时光荏苒,转眼到了新世纪的第二年。

"喂,扬子老哥,今年养了多少头猪?"王老二坐在门口的青石上,嘴里吃着旱烟袋问。

"还多少头呢?早就拾掇不干了。"扬子放下铁锹,坐在王老二身旁。

"谁都知道,你是咱方圆最会喂猪的能人,政府不是还扶持你吗?"王老二惊讶地看着扬子。

"你是知道的,现在养猪不是自己说了算,一年到头下来,一头猪要吃要喝得多少钱呢?这还不算防疫站收的费,光屠宰场杀个猪要的价就忒大了，一头猪就要 120 块，能不能卖出这个价还是两可。"扬子有许多怨言，还有不少苦衷不知道找谁诉说。

王老二凑过来说，"那你不会不送屠宰场，让二愣子给你杀猪，拾掇好，自己找买主儿出手？反正二愣子这个手艺人闲着也是闲着。"

扬子把头摇得像个拨浪鼓："还敢偷着宰，你不看啥年月咧。再说了，如果没有检疫的蓝章子，你的肉再好，也卖不出去！"

青龙寺村里，现在青壮年劳力很少见了，只剩下老弱病残孕，再就是一些留守儿童，年轻力壮的都下山到城里打工去了。杀猪匠在农村越来越少了，如果偶尔遇到个杀猪的，每杀一口猪要收 100 多块，因为杀猪匠都是要冒着被抓的风险。所以市场规范之后，所有的养猪专业户，都要把育肥的猪统一赶到政府规定的屠宰场去宰杀，每头猪交给屠宰场的各种费用是 120 块钱，才能进行病疫检疫，消毒处理，最后才允许投放市场。如果你想留下食用，也必须走完这个程序，才能拉回来自己处理。

过了没几天，王老二颤颤巍巍来找扬子说，"快，咱们快去看看吧，听说二愣子不行了。"

扬子和王老二来到二愣子家，看见昔日身强体壮的二愣子有气无力地躺在床上，只剩下一把骨头了。

"兄弟，我们来看看你。看你还有啥要求，我们想办法给你弄。"扬子低着头对二愣子说。

"哦，哦哦。见了你老哥，突然想，想吃你的葫芦头泡馍。"二愣子干笑着。一句调侃的话，扬子听了却牢牢记在心里。王老二又说了一大堆车结辘安慰的话，两人就离开了。

扬子从二愣子家出来，到了家门口喊道，"老婆子，把咱前年腌的下水弄出来，我马上回来要用。"他骑上摩托车，直奔二十里开外的古镇市场，买了三个坨坨馍又往回赶。

"这是咋啦，又不是饭口。"扬子老婆嘟嘟囔囔。

扬子端过盘子，从中挑选出一段肥肠切好，煨火做了一碗热腾腾的葫芦头泡馍。"走，送给二愣子兄弟尝尝，他想吃葫芦头泡馍。"老两口提着小竹笼出了门。

路上又碰见王老二。"哟，咋这香？你真给二愣子做了一碗葫芦头泡馍不成？"

扬子老婆快人快语，"就是的。这老家伙骑摩托跑了趟古镇，专门买了几个坨坨馍，这是刚做好的。"

话音未落，三个人走进了二愣子家。

"来了，葫芦头泡馍来咧！"扬子老婆放下小竹笼，双手端着葫芦头泡馍送到二愣子床前。

二愣子的女儿赶紧接过碗说，"让大妈费心了。我爸就是一句玩笑话么。"又对父亲说："爸，你看，扬大伯大妈专门给你送来你最喜欢吃的葫芦头泡馍。"

扬子老婆轻声说，"大兄弟，快，快趁热吃吧！"

二愣子睁开眼看了一眼扬子老婆，嘴角微微一笑，深深地吸了一口气，然后又长长叹了一口气，头一歪，闭上了双眼，眼角流下两行混浊的泪水。

从此，青龙寺村养猪专业户没有了，杀猪匠二愣子的手艺也失传了。

2010 年 7 月刊于搜狐博客

蹭　宴

　　王伟把车停在村口的麦场上，拿起自己形影不离的吃饭家伙，从摄影包里取出换上那个最粗最长的变焦镜头，引来了一群孩子的好奇心。他心里好笑，真他妈像摄影教授说的，拿大头吓唬人，就不是专业的。专业人士从来就不显山露水。

　　看周二那神气，不了解的人会觉得这人咋那么牛气，晓得他的人，不用看就知道这家伙又来蹭饭。这不，趾高气扬，迈着八字步，慢悠悠朝着村南头的老王家来了。

　　王伟端起相机却找不到周二的身影。"嘿，300变焦，太近咧！"他只好后退了好几步，相机才"咔嚓"了一声。游手好闲的乡党就被收进了相机。

　　苞谷刚收完，家家户户的院子门口都挂满了金灿灿的塔林。实在没有地方挂，农家只好围垒在门外的梧桐树杆上，而且一垒就有丈八高，一排排规模，透露出一种气势。有的门外没有树，只好穿挂在门楼年节挂灯笼的铁桶上。

　　周二站在门口，傻乎乎笑着："二爸，要我帮忙不？"

　　老王排行为二，年纪轻，辈分高，村里大部分人都管他叫二爸。

　　村南头王老二家门外的水泥路比较宽，村里的红白喜事委员会正忙活着派人搭棚，摆桌子。那些在城里打工的小伙子们提前请了假，专门回乡帮王老二张落着给儿子结婚，个个忙前忙后不失闲。塑料篷布拼凑了好几块，快把整个水泥路罩住了。塑料彩条布下摆了26张八仙桌，上面八双筷子，八个碗，还有两个小吃碟里，一个盛着油泼辣子，一个放着盐巴，两个精致的小瓷瓶里是酱油和醋。今日的天气真争气，秋高气爽，阳光柔柔地洒在乡里人的脸上。乡亲们说，"好天气！是个'待客'的好日子。"

现在的农村，只要遇到婚丧嫁娶、生日祝寿、乔迁新居，都要办一场像样的席面，乡里人管酒席叫"待客"，管吃酒席叫"吃流水席"，宴请远近亲戚、村里近邻、乡间好友，每家一般都要来人，亲戚便是不能少。小事一般也要摆上几桌，大事摆上十几桌、几十桌也不稀罕。王老二家的日子越过越殷实，特别是承包的300多亩观赏树苗，一年卖给城市植树绿化、观赏，就能收人百十万。女儿前两年出嫁时，光喜宴就办了20桌。这次给儿子娶媳妇，是自家正经的大喜事，王老二计划80席，另备5席，以防吃拉脱了。

在媒体供职的门中兄弟王伟不能不回来，甭说凑热闹，说不定还能拍几张好照片呢！他见门中的王宁也回来了，不免有些感慨，"二哥这次得花不少钱吧？"

王宁笑了笑："二哥快把一生的积蓄都用上了。你，你没看这阵势？"他指着满街的八仙桌。

"哎，也是没办法的办法。谁要咱那侄儿不好好学习，虽然走出去打工，如今还是个农村户口。"王伟说，"最近，我们一帮记者专门就农村光棍问题做了调查，发现农村现在男青年已经娶不起媳妇了。"

"咋就娶不起媳妇了？"王宁觉得这个话题很有趣。

王伟拉过板凳坐下说："现在农村结婚的行情，咱先说彩礼行情，女方出口就是现金20万，另外还要有车、房，还要有'三金'（金项链、金戒指、金耳环）和彩貂。车要摩托、轿车、农用车齐全。小两口结婚后，男方父母必须搬出去住，必须签订财产协议，所有债务都由父母偿还，与新郎无关。"

"哇，这不是狮子大张口嘛！"王宁惊讶地感叹道。

王伟接着说："如果做不到以上几点，在农村就娶不到媳妇！"

"那，那这次二哥不知道得花多少钱？"王宁担心地问。

这时，王老二走过来说："你俩先坐着，等我忙完了，咱们兄弟再好好聊聊。"他转过身对村委会的金水说，"金水，你先陪你俩叔坐着喝茶。"从二哥那口气里，王伟猜出个八九不离十。

如今乡村还残存着"男尊女卑"的旧风俗，人们思想中还认为女儿是人家的人，出嫁只是送女，不需要大张旗鼓办酒席，只简单招待自己的亲朋好友就行了。而儿子结婚，那可是给咱娶媳妇，给家里增加人口，这是大事情，应该风风光光，大办宴席，招待所有亲朋好友、乡乡邻邻。从媒妁之言，双方见面，尤其是给儿子"下贴"确定对象那天起，王老二就谋划着咋样给儿子结婚娶媳妇，置办多少桌喜宴，盼星星盼月亮等了快两年的时间，这件事一直就落实不了，儿子把媳妇娶不进门，急得王老二快成了一块心病。

坐在王伟和王宁旁边一直不吭气的村委金水，听了刚才他们俩的对话，忽然说道，"现在农村结婚，女方的首要条件是男方要在县城里买一套楼房，若长得漂亮一点的，或是家庭条件好一点的，借口响应国家'城镇化'号召，则要男方在大城市买房子，否则就拜拜了。老两口靠种地能赚来城里买房的钱吗？就是在城里打工也不行。买房对于农民来说，简直就是一个天文数字。于是农村的剩男越来越多，光棍汉队伍不断扩大。本来咱中国就有结婚送彩礼的习惯，这几年彩礼涨得比物价还快，让农村的男孩苦不堪言，让有点钱的农村父母快急疯了。可对于没钱的父母来说，看着儿子打光棍，也只好干瞪眼。"王伟心想，这个金水不愧是村委会的委员，看问题很到位。

"是呀。农村结婚另一项大的开支，就是彩礼。"王伟同意金水的说法。他点点头说，"我们调查中发现，在乡村，人们认为彩礼收得越多，就显得姑娘身价越高。彩礼是一定要收的，这是老祖宗传下来的风俗。彩礼体现着女方的身价，钱越多，说明女方越优秀。这就是农村彩礼越来越高的一个重要原因。"

王宁这时插进来说，"彩礼猛涨，对女方来说似乎有利，但对男方来说压力很大，有的肯定就债台高筑，父母要一辈子为儿子打工还债，这对他们是很不公平的。结婚后小两口就与父母分家，所有债务都由父母偿还，这种所谓的'习俗'实在残忍，堪称陋习，属于另一种形式的'啃老'吧？"

"这不是'啃老'了，而是要把父母置于死地了。"金水愤愤地说，"像俺二爸办这酒席，那也把老两口掏空咧！"

喜日子确定后，王老二马上请来村里红白喜事委员会的两个头儿，提出自己的意见和要求，让委员会的头儿帮忙完善他的想法，老婆子手下麻利地弄了四个小菜，边喝酒边商量儿子婚礼的所有事宜。按照王老二的想法，红白喜事委员会成立了一个"办事机构"，总负责人称"执事头"。他把多个"职能"，分解到若干小组来负责。杀猪宰羊的、借碗筷桌凳的、掌勺洗菜的、上汤湖茶的、迎宾送客的、记账收礼的都被一一落实到人。通常在办酒席的前两天，主儿家便与大厨师就联系好了。从头一天开始，大厨和帮手们择菜、备料、烹调要一直忙到翌日。

王老二按照村里人老几辈的规矩，把厨房摆设到院子里，工匠们就地取材，挖了一拖三的"地雷灶"，或炖或煮的大铁锅，正汩汩地冒着腾腾热气。案板上堆放着小山高的半成品原料，鸡、鸭、鱼、肉等自是不必说，对虾、螃蟹等时兴海鲜或也不缺，只看大门外的那几十张桌子整整齐齐地排列在那里，那架势，那场面与城里高级大宾馆的大餐厅也相差无几呢！

如今乡间不管谁家办红白喜事，全村子人几乎同时都行动起来。从大伙那四处借桌凳的忙碌中，从乡间妇女围坐一起洗碗洗菜，叽叽喳喳的乡野玩笑中从灶间传来噼里啪啦的烧火声，从乡村大厨手起刀落"嗒嗒嗒"的剁肉声中，你能感觉到扑面而来的只有乡村才有的浓烈的乡情民风。

"说实在的，改革开放促进了中国经济的发展和思想的解放，户籍制度改革、农村城镇化，推动了农村和城市的融合，加快了中国小康社会的建设步伐。随着国家的不断富强和人口素质提高，一个关乎人口，关系民生，关乎社会稳定的问题日益凸显出来，剩男问题成了人们关注的焦点之一。很多留守在贫困农村的男青年，成了一群被爱情遗忘的'半边天'。由此而产生的社会问题，已经引起了各级党委政府的关注。"王伟想了好半天，才说出了这些很现实的问题。

金水点点头："不是被爱情遗忘的一群男人，而是根本没有爱情光顾乡村这个地方呀！"

这时，三三两两的人们，喜滋滋地从四面八方赶到主儿家。堂屋中，院子里，街道上，挤满了帮忙和吃酒席的人。这天，主儿家人乃至整个村庄，似乎都沉浸在过节的热闹气氛中。今年你请我吃了嫁女酒，过两年我家娶媳妇再回请你。这份浓浓的乡情，原来就是一本本温暖的往来账呀。

周二一屁股坐在摆好的八仙桌旁，伸手拿了一根双喜烟抽了起来。

"哎，又蹭饭来咧。"金水笑着问。

"嘿嘿，嘿嘿。"周二咧咧嘴傻笑着说，"不是来捧场么！给二爷凑个人气。"

王伟拿起相机，离开八仙桌，加入电视摄像师的行列，也是给王老二家造造势。另外，也安慰自己的职业神经，要捕捉一些鲜活镜头，从另一个侧面把现代新农村记录下来。这是一举两得的好事！

如今农村不乏美食家。哪个大厨菜烧得好，哪个大厨的手艺跟不上形势了，乡亲们心里明镜似的。可以说，大多数乡村的厨师都没有经过专业培训，几乎都是自学成才，个个练得身怀绝技。乡村大厨的手艺一点也不逊于大饭店的专业厨师，特别是一些农村土菜，他们烧出来的味道要比大饭店的还要好，还要正宗。

从小在城里长大的建国，哪里见过这场面。他拉着爸爸的手问，"这么多人，为啥不到大酒店去吃饭，干嘛都挤在门外呢？"

"哈哈，儿子，这就是乡下而不是城市。"王宁笑着说。他起身拉着儿子进了院子，被热热闹闹的景象吸引住了。最抢眼的是那位大厨。当然，这一天是大厨最辛苦，也是最风光的一天。厨房里最显眼的地方，是用两条长凳、一块门板临时搭成的案板。案板上堆满了备好的净菜，头一天烹制好的荤菜扣碗，一盘盘排在案板上。大厨肩上搭一条毛巾，在灶间炒、烹、炸、煮，忙个不停，同时还要当好指挥员，嘴里不停吩咐着灶头边的助手们配菜、调料。

儿子没有兴趣，自己又跑出来，站在门外看风景。吃酒席的桌子统一是四四方方八仙桌，不管大人小孩，每面只坐两个人；如遇怀里抱着小孩子的，也得给娃留下位置，绝对不像城里人那样大家挤一挤算了。人多是好事，说明这主儿家的人缘好，来的客人越多，说明这主儿家日子过得红火。开席之前，大家往往总是先要客气地推让一番，让本桌辈分最高的年长者在上席落座，敬酒夹菜都是上席先来。农村房屋都有正房和厢房，正房堂前叫"上横头"，是辈分最大的；若是祝寿酒，当然是寿星坐的位置；倘若是婚宴，舅舅为大，任何人都不能与其争上。

王宁来到八仙桌前，指着桌上摆的瓜子、糖果告诉儿子，在正式吃酒席前，每张桌上都摆这些碟子，叫做"盘头"。这些小盘小碟里盛放着猪肝、猪耳朵、糖果、花生、瓜籽等果品点心，算是酒席开场前的序幕吧，意思是先给宾客们填填空肚子，以防醉酒；还有一层意思是大伙儿交流交流感情，让长久未见的亲朋互叙家常。女人们忙着嗑瓜子，孩子们的手老是伸向那几颗五颜六色的糖果，大家都沉浸在吃酒席的欢愉里了。

儿子虽然一下子还听不明白，但从眼里可以看出对这种场面还蛮感兴趣的。

在乡间，一场酒席是由二三十个大碗菜组成的。几十个菜依次序端上很有讲究，一点也不能含糊。蒸菜、炖菜、炒菜，鸡、鸭、鱼、肉样样都有，热炒和汤菜、甜的和咸的，轮流上席。

上菜有上菜的规矩。第一个菜肯定是碗长寿面，不论红白喜事都一样，寓意吃了长寿吉祥。这道菜一上桌，往往被大伙吃得精光，连汤水也被喝了。

一来大伙儿的肚子的确有些饿了，二来这碗面系厨师精心烹调，尤其是盖在上面的"浇头菜"，味道好极了。这是厨师亮相的第一道功夫菜呀！接下来荤素搭配，炒煮交错，依次而上。

宾客围坐于桌边，品尝着馨香的、浸透着欢乐的乡村酒席，心情是轻松愉快的。

"爸爸，你又不是农村人，你咋知道那么多？"儿子问。

王宁笑着说，"爸爸小时候就是农村人，长大上了大学才离开农村的。"

儿子好奇地又问，"那他们怎么不离开农村，到城里住大楼房？"

王宁被儿子问得无言以对。

这时，一道道传统厨艺烹制的美味，令人胃口大开。红烧鲤鱼上来了，躺在盘中央，浇上浓浓的汤汁，撒一些细碎翠绿的蒜苗，香气扑鼻，咬一口肉质鲜嫩鲜嫩；那一大碗用番薯粉调成的开胃羹，乡下叫"蕨糊汤"晶莹剔透、冒着热气，佐上虾米、豆腐、香菇、肉丁，让人食欲大增；那一碗用草猪肉手工做成的肉圆，一刀刀地细剁，揉进自磨的白豆腐，叫"水肉圆"，吃起来口感韧而不腻;那一海碗特产真豆干端上桌，是乡下人的最爱，黑黑的豆干软硬适中，辅以肉汁，浓香四溢，夹一筷人口，味道纯正，刚好可以给油腻的肠胃刮刮油。过去黄土高原上的人们，思想保守，眼界狭小，从来不知山里还有上好的野生滋味，即便知道也不去挖取，还怕人家笑话。如今，乡下人也懂得山货的宝贵，把这些山珍拿到城里去卖个好价钱。这不，今天的特色菜就有这些山货，什么蕨子果、石斑花，还有稀罕的石耳……这些都是山珍啊。城里人抢先下手，看得乡下人心里直发笑。桌上那些整鸡、整鸭，宾客们大都象征性地动一动筷子，一般吃得不多。

王宁看着一盘盘的菜上桌了，都是些大盘、海碗，高高地堆起了尖，散发着喷香，非常开心。再看看周围，大家都是很开心的。大家把酒言欢，谈笑风生，场面格外活跃。

席间，穿梭于厨房与厅堂之间跑堂端菜的人引人注目。乡下人称他们为"行堂"。厨房里，有专人将烧好的菜分好碟、装好盘，按每个桌子的菜分配好，然后由行堂队伍浩浩荡荡端上席。行堂们端着装菜的红木托盘，脸上沁出了汗珠，笑盈盈地吆喝一声"菜来呦——"近旁的客人便主动探出身子，将菜端上桌。

孩子们永远是最快乐的。王宁一眼没看住，儿子早就融人了那群"土猴"之中了。他们在人堆里钻来钻去。这样的席面，孩子们就盼着天天都有。

　　桌上的客人，多是朴实豪爽的农家人。主儿家人过来敬酒了，每个宾客往往都会略显拘谨地带着憨笑，说一声："来，一起吃！"

　　一只小酒壶，一只小酒杯，逆时针转，转到谁，谁就给自己斟，然后喝一个，把小酒杯放在小酒壶上，又往下轮流转。周而复始，不停地轮流。小酒壶里没了酒，"执事"会立即补充。

　　喜欢拉话的人看着王宁，故意调侃道："来，来来，咱乡下人不像你们城里人，说那些敬酒的客套话，咱不会。"说着，端起酒杯一饮而干。在乡下，也不乏海量的人。他们会给同桌上的客人频频倒酒，劝酒，要让大伙喝尽兴呀！更有甚者，如好汉碰到了好汉，彼此的酒量就在桌上见分晓，憋足了劲想放倒对方，这时，酒席就会有热闹看了。乡村的酒席，屋里屋外都是酒场，有人喝得高了，有人喝得吐了，最后好汉们彼此握住手，口里喊的都是"亲戚"。

　　王宁和王伟几杯火辣辣的土酒下肚，反而没多少话说了，可乡亲们的话匣子却打开了。大家起先交流的内容，不外乎附近发生的事情，相当于一村或一乡范围内的"新闻联播"。而这些新闻就仿佛进餐的佐料，使碗中饭菜变得有滋有味。渐渐地，闲侃的话题更远了，或播种施肥、或挖塘筑坝、或开荒种树、或起房造屋、或张长李短、或猫狗猪鸭……健谈的人谈古论今，评说三皇五帝；年轻人谈上网买车、炒股赚钱……边吃菜边喝酒，边聊天边笑骂，大家图的就是个热闹，看重的就是那份情谊。

　　周二满脸通红，酒喝得差不多了准备起身时，看到一大碗香喷喷的红烧肉端上了桌，兴奋地抓起一个荷叶饼，把最大最肥的肉块往里夹。

　　"嘿，嘿嘿，周二，吃饱了咋还要糟蹋呢？"不知道谁多了句嘴。

　　"呵呵，红烧肉好吃么。"周二憨厚地笑着。

　　"这家伙吃蹭饭，还挑肥拣瘦呢！"

　　周二咬了一口回答："不吃，对不起主儿家么！"

　　周二的年纪差不多小五十了，小时候失去双亲，靠吃村里百十户人家的饭菜长大的。长大后靠体力挣钱，栖身之处就是父母当年留下的破窑洞。土地承包后，周二地无一垄，就这家干一响，那家帮个忙。热心人给他介绍了不少对象，人家都嫌弃他没房没地，不知不觉周二上了年岁。

　　红烧肉是最后一道菜，标志着酒席已近尾声。家养的猪，肉质鲜嫩，块大油亮，用大锅炖得时间长，咬一口肥而不腻。红烧肉是整场酒席的重头戏，大伙正津津有味地品尝着，忽然桌下有毛茸茸的东西在蹭你的腿脚，低头一看是邻家的大黄狗摇着尾巴，正眼巴巴地等你扔骨头呢！

人在桌上喝酒吃肉，狗在桌下啃咬骨头，倒也和平共处。

吃了大块的红烧肉，宾客们打着饱嗝，剔着牙，还不忘给今天的大厨下个评语："嗯，烧得不错！"

末了，乡亲们在一片客套"吃好了吗？""赶明儿上咱家来，咱的臊子面可香咧！"的相互问候中散席。

一群孩子追逐着蹭饭的周二，一边起哄一边嬉戏地离开了。

饮食男女的礼尚往来，依旧在继续。人们依旧在西北风里，送走亲人哭号之后举杯喝酒；在一片红艳艳的热闹中，迎来新人开怀畅饮；在一幢二层新宅楼落成，燃鞭响炮烘房声中举杯庆贺。一个个平常的日子，生活点点滴滴，在香喷喷的饭碗里，在油光闪闪的筷子尖上。

王宁站在大门口的台子上，牵着儿子的手，看到人们迅速撤离酒席的场面，如同一场战役结束；"执事们"收拾碗筷和打扫卫生的麻利动作，如同战士们快速打扫战场一样。他心想，让人欢乐激动的乡村酒席，大约是一个家族记忆里最为荣光亲切的吧！

王伟绕来转去，手里的相机"咔嚓咔嚓"响个不停……

2011 年 10 月刊于搜狐博客

中篇小说

中篇是截取生活或社会一个断面，或淋漓尽致，或剖面重笔。《隘口小道》似一幅高山流水白描风情画，时有沉渣浮现，又有清新旷古之风。

隘口小道

一

　　由川道上骊山北岭去逛庙会，有好几条路，高速国道要绕三十几公里，省道也要绕十几公里，最近的是古镇旁边一条北上的坡道只有二三公里。高速国道和省道如弓背，北上的坡道则如弓弦，故有了远近差异。北岭的南北坡道被一段隘口扼锁，过了隘口小道就看到了一个叫石磨村的地方，旁边就是名刹仁宗庙，离仁宗庙不远有一座独庄子，住着一位老人，一个碎女子和一只黄狗。

　　石磨村位于骊山北岭顶上，岭高沟深的地貌，造成了这里坡陡平地少，水土流失严重，在岭坪。梁昴上建造的村子南高北低，居住百十户人家。一条凹凸不平的小路穿村而过，一直延伸到岭脊的咽喉，连接着有三十来丈长的隘口小道，路面只有二尺宽。左边是深不见底的悬崖，右边峭壁上长满了酸枣树，满沟的刺刺荆棘，让人无法进人。这条隘口小道是南北往来的孔道，行人坠崖的事情时有发生。新中国刚成立那会儿，公社领导想拓宽山路却限于财力，无奈拨出一点经费，指定独庄子人家看管小道，遇到刮风下雨时给过路人提个醒，保护好行人的安全。这庄户人从接上这差事，就一直铆劲儿至今，时间长了，人们把他的名字都忘了，而是亲切地唤他"看山的"。看山人给隘口小道两边都安装了铁环、木桶，险要的地方，铁环、木桶还链上了一段铁索，让过路人抓着前行。逢朝山逛会人多时，看山人口中嚷着"慢着，慢着"，嘱咐众人手拉铁环"安全第一"。直到看着一批批人和货物都安全通过隘口，翻过北岭，拐弯消失在坡下时，看山人才长长吁口气。隘口小道本来为公家之路，过路人不必掏钱，可看到看山人没白没黑地辛苦看守，有的行人心里不安，就掏出几张毛票或者几个钢镚儿扔到茶摊上。看山人不由分说地把钱塞到那人手心里，威严正经地说："我拿了公家钱，月儿八块，够了！"过路人看劝说不成，想法子引开看山人的视线，悄悄把钱放在大石盘上，古道热心的看山人，便把这些钱收集起来，托人到南川古镇上买些茶叶，给过路人消暑解渴。

独庄子陈旧斑驳的两扇黑木门十分醒目，胡整垒就的门楼，土夯的墙院黪黪址址，东西走向的院内，有一明两暗的三间土坯平房，草泥墙皮有些已经剥落，一尺见方的小窗户，靠三根木棍支撑着，上面蒙着一层塑料布，狂风刮来瑟瑟作响。看山人已到耄耋之年，精瘦身材略微有点驼背，古铜色的方脸上深嵌着一双黑亮眼睛，看起来炯炯有神。打20岁那年起，便守在这隘口小道，六十年迎来送往的路人多得数不清。如今岁数大了，本应当歇息了，但乡政府好像忘了他的年龄，每个月照常把钱转交到村委会，也从不说啥时到站的话，反正一直就这么着。看山人也已经离不开这样的生活，几十年起早贪黑守隘口，成了他生命的全部，也从不思索辛劳报酬的多少，只要有人过路，就笃定在这里开心做下去。与老看山朝夕相伴的是那个叫春花的碎女子，这是他唯一的亲人。还有一条形影不离、忠实守护的大黄狗。

离独庄子不远有一座仁宗庙，民间一直称为"人种庙"。人种庙是由三皇庙演绎而来。据记载，三皇庙是汉武帝时期所建，庙堂之上供奉的三皇即华胥、伏羲、女娲三神，黄帝、炎帝分别站立两侧。每逢庙会之日，方圆几十里的善男信女络绎不绝，隘口小道人来人往，一派繁忙景象，都是奔人种庙而来。

几乎所有北半球民族的上古传说，都与"大洪水"有关。在东方中国《列子》中说，华胥生伏羲、女娲两兄妹，因坐在葫芦里，被洪水漂到骊山北岭才幸免于难。为了人类繁衍，兄妹从骊山北岭面对面的山顶上，分别滚暄下沟，磨暄两扇自然配合，就有了"天作之合，滚石成婚"，留下了千古的"婆父暄"，两扇石暄至今还躺在磨子沟里。而在西方《圣经·创世纪》中则说，诺亚按照上帝的旨意制造了庞大的方舟，带上家人和一些飞禽走兽，在水中漂流了40天，最后才搁浅在高山之巅。有人把东西方造人方式勾连起来指出："这是一种既有西方浪漫主义色彩，又有东方现实主义的独特人类现象。"

按现代法律，绝不允许兄妹成婚，道德上也是乱伦，但史料上有血亲社会、血亲家庭，确实在恩格斯《家庭、私有制和国家的起源》中，也提到这一家庭形式，仅仅排斥了祖先和子孙之间、双亲和子女之间互为夫妻的权利和义务，兄弟姊妹可互为夫妻。这种血缘群婚，在人类发展史上经历了漫长岁月，兄妹"以为夫妻，又自羞耻"，女娲以布遮面，就是以后的盖头。看来血亲家庭向普那路亚家庭的过渡，也是人类由蛮荒时代向文明时代的过渡吧！

原本的人种庙求子祈福，说的是不育妇女借逛庙会之际，先给女娲烧香许愿，然后夜宿山坡，把床单一铺，与青壮年男子就地同居，就有了求子灵验之说，也就有了后来人们笑谈中的"单子会"。过去石磨村人封建，面对求子心切的夫妻，宁可空着屋子也不租赁，生怕住在家里给自己带来晦气，所以，朝山逛会的人没地方住，只好自带铺盖，男人躺着等候，女人游离求子。人多时，山坡上铺满了东一片西一块的床单，似漫山遍野缀满招贴画，花花绿绿蔚为壮观。"单子会,这个诙谐的称呼一直延续了数百年。有人评价说，漫山遍野，幕天席地，自然而合。那既是人类原始本能的返璞归真，又是对现实社会造物无奈的一种补偿。"更有邪乎的案例，说一个多年不孕不育的妇女，去人种庙求子后便有了身孕，来年果真有人见一支敲锣打鼓的队伍，上北岭人种庙还愿送喜。

新中国改制前，管辖人种庙的是古镇乡公所，新体制时变成古镇人民公社，撤社改乡时成立了古镇人民政府，再后来辖区重新规划时，因人种庙名气大，就从古镇政府分出去，专设一个乡政府来管辖，把容易产生歧义、听着粗俗不雅的"人种庙"，改为"仁宗庙"，由三皇乡人民政府来管辖。

只要见到上北岭来人种庙还愿的人，老看山就想起人种庙的老君殿。皇帝与草民同样都有爱情，唐玄宗和杨贵妃"在天愿作比翼鸟，在地愿为连理枝,"的千古爱情；那个"闲人"和坠崖的女儿也曾山盟海誓。在老看山看来，这都是人种庙种下的祸根。

春花的母亲，也就是老看山的独生女。二十年前，女儿背着忠厚的老爹,恋上了庙会的"闲人"，不久有了身孕。那"闲人"约她一同下川道逃走，但独生女舍不得撇下孤独父亲，说啥也不肯离开，"闲人"见她不走，便赌气离去，一走就再无音讯。苦命的独生女，志忐不安度日，直到肚子显怀，无法隐瞒实情，才说了实情。而父亲知道后没说一句有分量的话，羞愧内疚的女儿，待生下腹中的胎儿，因受不了众人弹嫌，旁人羞辱，在一个漆黑夜里跳崖身亡，留下了襁褓中的婴儿。老看山一把屎一把尿，近乎奇迹般地把这碎女子养大成人。一转眼春花19岁了，而"春花"这个名字也是这碎女子的庚辰。

黑黝黝的春花，从小在北岭风露里跑大，在过路人眼前长养，生性天真活泼，俨然一只小宠物，乖巧如老黄狗一样，从不想残忍事情，遇事从不发愁，待人从不恼火。

老看山不论晴天雨天都守在隘口小道，见人过路，便弯腰挥挥手，招呼路人小心抓牢，安全过峭壁。有时倦意袭来，便躺在大盘石上丢个盹。只要见上坡隘口出现人影，春花不让祖父起身，敏捷地跑到崖边把路人招呼过去，一切都从容在行，从未误事；有时遇到北岭隘口人稠货多，爷孙俩前后照应行人，配合默契，连那只黄狗也操心似的"汪汪，汪汪"吠叫，岭上好生热闹。川道来的羊贩子惠顾，生意越做越大，这几年隔三岔五的爱上北岭，每次都揽不少羊只，过隘口小道时免不了给春花送个发卡、头饰啥的，再和老看山遍上几句闲传，抽袋烟喝口茶，然后以"吃了，喝了"为由，硬撇下几块块钱。老看山死活不要，羊贩子惠顾争执不让，临了还是撇下五块八块的，人都登上北岭南坡头了，还不忘回头撂下一句："甭花光了，赶明儿个俺再来吃喝！"

二

石磨村一些有经济头脑的人，看到愚昧妇女求子心切，灵机一动大搞什么"求子产业"，利用迷信愚弄妇女，还到处散布道听途说的案例，引诱妇女上勾。说什么川道古镇旁边一个村庄，一对夫妇结婚六七年怀不上娃，急得夫妻俩不知看过多少江湖郎中，吃了几蒲篮中草药，临了还是肚子平平，夫妇俩抱着试一试的心理来到人种庙。一年后，这位妇女果然生了一个大胖小子，丈夫请来县剧团唱了三天大戏，然后又上北岭还愿，专程给人种庙送了一块大牌匾，上面刻着"赐子灵验，福祉世代"八个大字。这件事不亚于春雷一声，在方圆几十里的人群中炸开了，一时间成了人们茶余饭后久谈不止的笑料。

"人种庙真是不孕不育妇女的福地，只要心诚，肯定灵验。"

"人种庙是伤风败俗，男盗女娼的孽地！"

"电视里整天公开播放性病，尖锐湿疣，不孕不育呢，那人种庙算个啥？"

"人家人种庙，花钱少办大事。"

"别看电视里烦人的生殖广告，不灵！没生意才天天叫唤呢！"

"城里医院光哄人钱呢！"

"来一趟人种庙才花几个钱？"

"农村人只顾眼前，哪实惠往哪儿挤！"

一传十十传百，口口相传，越传越神，人种庙成了赐子的圣地。

办庙会的人不满足一年两次的庙会，挖空心思到处搜罗传说，什么"二月二"是伏羲皇娘送饭，御驾亲耕啦；"四月八"是佛祖释迦牟尼诞生日啦；"六月六"是天观节，赐福赠予日啦；"七月七"七夕节，是女孩儿、姑娘们浪漫的节日啦；"七月十五"是道家中元，佛教盂兰盆啦；"九月十九"是观音菩萨盛缘，普度众生，最喜庆的日子啦……应验了"穷乡僻壤多匪事，愚昧落后多迷信"这句话。抖搂抖搂之后，这些人发现有这么多日子可以利用，找到村委会石主任，石主任却笑着一言不发。最后，想出了一个办法，托人到省城，找大学里研究历史民俗的教授，邀请教授驻村调研，策划构想，让庙会名正言顺。两位教授来到石磨村，煞有其事地召开座谈会，深入农家访问，与老者攀谈。有了人种庙游客的数量和消费能力的数据，有了口口相传的历史典故，还有了人祖爷赐子、施主身怀六甲的成功案例，教授们没有求证这些是真是假，只是把这些民间相传了几百年几千年的传说，形成书面文字给予肯定，并提出了以"人文始祖，文化庙会"来立项，容易得到主管部门的批准，使庙会成为文化集市，吸引更多的人来消费。其中一位教授纳闷，这么好的人文资源，可张罗来张罗去都是村民个人行为，教授就问石主任，"开发人种庙，既有经济收入，又有政绩资本，是一举两得的美事儿呀，你们村委会为何不出面组织？"

石主任不像村支书那样大腹便便，饱食终日，只拿钱不管事，而是家长里短、鸡毛蒜皮的小事都喜欢参与，当然有好处少不了他那一份，可遇到棘手的事，只是敷衍了事。当听到教授问话时，他狡黠装作惊讶地回答："啊，村委会出面弄这玩意儿？呵呵，那，那性质就变了，"长长叹了一口气，摇着头诡秘地一笑，"民间，民间咋整都能成。"石主任脑袋瓜非常好使，是村里有名的精明人，做事前先想好退路，预测谋划也很到位。

教授们拿到"第一手"资料后，回省城搞了个《开发文化庙会可行性方案》。于是，村民们热火朝天地集资，大张旗鼓地修缮，要把人种庙打造成古老而现代的人文圣地。结果是，原来不信的人现在也相信了。

如今，石磨村的人观念变了，经济意识强了，家家户户都兴办起了"农家乐"，不论什么人，只要给钱就能入住，甚至还有人以提供免费吃喝、或优惠价格来吸引人。朝山逛会的夫妻们，掏个三四十块或者更多一点儿钱包一间屋子，夫妻俩就不用露宿在山坡上了。所以，现在很难再看到满坡五彩缤纷的床单风景了。"单子会"随着改革开放早就变了样，但朝山逛会的人们，却给石磨村带来富庶的人流、物流、财流，村民们的收入越来越好，人种庙的香火越烧越旺。

先发展起来的都市经济，产生了某种寄食者，主管部门睁一只眼闭一只眼，歌女、妓女、脱衣舞女、陪酒女郎这些地下色情业的泛滥，成了都市顽固的诟病。穷乡僻壤的石磨村，因人种庙赐子灵验，也招引来一些好吃懒做寻花问柳的痞子。与大都市不同的是，因为能解决夫妻不生育的难言之隐，能满足传宗接代的需求，所以小小的人种庙居然寄生了一群"闲人"。这些"闲人"聚集在庙宇周围，专司"人种"的差事。寺庙经济带动了石磨村出售大量香、蜡、纸、炮和各种献果，以及那些在旅游景点常见的纪念品，村民开办了各类小吃面馆和琳琅满目的小超市，再加上外面摆摊子的小商小贩，真是"人头攒动，市场繁荣"。庙会市场还催生了村民自发组成管理队，既收摊位费，又收卫生费，还收安全保护费，逐渐成为一个游离于政府管理的成熟市场。

人种庙这些寄生者，大部分来自农村游手好闲的二流子，再就是从城里来的那些"吃软饭"、专做性事的男妓。凡在石磨村看到穿着阔气，身材魁伟，浓眉大眼的小伙子，基本上都是从事这种营生的。看山人的独生女就是因为看上了这样的"美男子"，一失足成千古恨。这些人白日里无事，或坐在麻将摊前打牌，或在村民开办的健身房锻炼身体，或在小饭馆里喝酒，或在崖边听山歌，以此来消磨长日。到了天麻麻黑，则听招伺候求子的妇女，尽那续借香火，传宗接代的球事情。

三

社教拽着媳妇二妞，爬上北岭已经快响午了，他俩上气不接下气地坐下来喘息着。

"还说不远？奶奶的。"社教一尻子坐在北岭坡的地坽上埋怨道，"这不是哄人么！"

"你个吝啬鬼，早知道这么远，咋不雇个蹦蹦车？"二妞埋怨道。

"唉！就是么。怪不得老辈儿人都说逛庙会就是朝山呢，当时听了觉得可笑，逛庙会就是逛庙会么，咋还朝山呢！"社教想起了老人们的谝闲。

"那，那现在不是有了通乡公共车？你为啥不让人搭车上山？"

"不是为了省车费么！再说了，走大路你咋能看到这番美景？"社教胡搅蛮缠，弄得二妞不作声了。

北岭近些年来很少有人光顾，牛羊也很少见了。太阳照耀下的阳坡面，肥沃的厚土使得野草疯长，草高的地方都能没了人的膝盖，草低的地方爬地虎能把地皮罩严实咧，漫山遍野常见的还是毛儿草。茸茸的毛毛头随风摇摆，令人心旷神怡。

"要是过去，这么好的草，一响午就能割个百八十斤，一天的工分轻轻松松挣到手。"社教感慨地说，"哎，世道变了，现在谁还割草呢？就连开春的槐花、香椿、榆钱儿都没人掰没人捋，还有夏日的野发发、懒苴菌，任其疯长，更甭说秋季的酸枣，柿子繁得都没人卸。"他看着二妞说，"咱缺啥？不缺吃不少穿，他妈的，哎！就缺个碎患娃子。"社教结婚快十年了，除了一直没个娃以外，发家致富在古镇上却是数一数二的。

过去各种名目的政治运动把人整怕了，啥都不敢弄，刚开始号召让农民发家致富时，有人还以为是"日弄人"呢？乡亲们一下子转不过弯。社教因家庭成分高，石磨村有人喜欢整天搜事批斗他父母，折腾得全家三口无立锥之地，被迫从北岭搬到川道，住在古镇旁边废弃的半截土窑里，以讨饭为生。长期忧郁加上积劳成疾，在社教不到十岁时，父母撇下儿子双双离世。社教成了失去亲人的流浪儿，无人管教的他，整天在古镇街道上混。一位公社干部怜悯他，收容他在公社食堂帮炊自食其力，他这才有了栖身的地方。

两年后，社教经人指点，辞去公社的临时工，在古镇街道上支起了一个油糕摊子，几年赚下的钱，买了一个废弃的宅院，新盖了二层小楼。有人眼红了，跑到县上，揭发公社干部是阶级路线不清，让混混成精咧，建议县上应该好好管管，咋能让他搞资本主义呢？这一告，社教摆摊儿的事不但没被告倒，反而还上了县广播站。这一宣传不要紧，社教胆子更大了。他甩开膀子名正言顺大干起来，除了油糕摊子，还增加了豆浆油条、鸡蛋醪糟，生意是越做越红火。

社教出息成一个大小伙子，街房邻居四处张罗着给他介绍对象，可方圆几十里都知道他家的底细，谁愿意把女子嫁给这个曾经的流浪汉呀。一次偶然机会，听摊上吃油糕的人谝闲传，说省城大张旗鼓搞娱乐城，还有漂亮女娃陪着喝酒，陪着跳舞，甚至还陪着睡觉哩！社教架不住这些新鲜事的诱惑刺激，琢磨着能不能也去见见世面，开开洋荤。一天下午，社教收了摊，拿了一大包块块钱走进了省城夜总会，见霓虹灯闪闪烁烁，摇滚乐如雷贯耳，社教却畏畏缩缩有些害怕，要不是一位"金发女郎"引导他坐进大红包厢里，他还坐在马路牙子上愣神呢！社教畏缩的样子，加上不合体的西装，金发女郎一眼看穿他就是个土鳖。慌乱中社教提出要金发女郎陪他喝酒，也不问价钱多少，指着人家喝的洋酒也要一瓶，不一会儿就喝得晕晕乎乎，借着酒劲儿对女娃开始动手动脚，社教没两钟头就花光了带来的一千多块钱。同是农村人的金发女郎下班了，不忍心丢下他，怜惜地搀扶着东倒西歪的社教离开了夜总会。没有地方歇脚，金发女郎只好让他在自己租的房子里过夜，两个人互说了各自的身世，越聊越投缘，一夜情之后，他俩缔结了爱情。五年后，古镇评选市场经济优秀个体户，夫妻俩双双上了"勤劳致富"的大红榜，成了远近闻名的恩爱夫妻。

社教想着想着，给妻子摆起了龙门阵，吹嘘自己"那个"当年如何长，如何能行。接着又说着从不离口的荤段子，男人那个标准是，五寸金，四寸银，七寸八寸不是人。"你看咱这个是不是个金的？"

二妞一边擦着头上的汗一边质疑，"唉，当初你那熊样儿，还能行呢？没有我，哪有你的今天？能行，能行咋就……你该不是个像人家说的'有枪没子弹'的货吧！"

社教啥都不怕，就怕人揭短，那是他的难言之隐，扭过头没好气地刚要荤两句，可被媳妇红扑扑的脸蛋儿怔住了，"嗯，你甭说，难得一见的俊劲儿，今个还真是有点那个味儿。"说着就往二妞身边挪。

二妞本来就有些心热，加上爬了这么长的坡路，浑身上下燥燥的，看着男人那火辣辣的眼神儿，心有灵犀身子一软。

"谁说'有枪没子弹？'老汉是个好老汉。"社教一个鹞子翻身，把二妞裹在身下，毛儿草淹没了他俩的身子。

"甭急！"二妞一边解裤子一边说，"看看有没有人？"

"北岭这穷地方，连个鬼影儿都没有，哪还有人！"

好长时间都没有激情了，社教今天不知哪来的这股精神，一边揉搓二妞肥硕的两个奶子，一边上下不停地拱着，贪婪的样子像个犍牛似的，气喘吁吁，好像浑身有使不完的劲儿。

野合之后，两人顺势平展展躺在日头坡上，享受阳光的沐浴。

可能是爬山爬累了，可能是干这事儿太用心了，也可能是阳光暖和的原因，不一会儿，俩人昏昏沉沉进入了梦乡。

四

乡政府开发办陈主任一行四人，开着半新不旧的切诺基翻山越岭，几乎跑遍了整个骊山北岭，眼看到了这石磨村，却被隘口小道挡住了去路。

"叫他们村主任来，深入改革这么些年了，可这路怎么还没变？真是个'端着金饭碗讨饭吃'的典型，如今在哪里还能找到这样的典型？"少年得志，留着大背头，戴着金边眼镜的陈主任俨然一个大领导的架势，说着话立在崖边上，手叉着腰举目四望。

远看上坡土路越来越窄，只见几辆蹦蹦车扬起的尘土像一条条黄色的蟒蛇，一会仰儿起，一会儿俯下。路边的野草丛里缀着各种野菊花，紫色的、粉色的、白色的，还有不知名的花草，姹紫嫣红，与那些叫不上名可爱的小红果，铺满山坡。

"汪汪，汪汪！"老黄狗围着切诺基转圈叫唤，它长这么大，头一回见到这陌生的铁家伙。

坐在大盘石的老看山莫名其妙，脑子短路，一时回不过神儿，还是春花反应快，她趴在爷爷耳边悄声说，"好像是城里来的大官，他们的汽车过不去咋办？"

"去，就说咱这个路，自古以来就是人走的，当年慈禧老佛爷都是下了御辇从这里走过去的。"老看山坐在那儿不动窝。

春花走近陈主任，还没等她开口，一个英俊小青年马上客气地问，"哎，这位姑娘，你知道哪儿有大路？"他指着切诺基，"哪儿它能过去？"

春花摇摇头，刚想转告祖父，可看这些人没祖父想象得那么坏，就默默无语地看着他们。

隘口石崖是整个骊山北岭最高的地方，陈主任举目远眺，30多里长的骊山，像一条巨龙横亘在眼前，磅礴的气势令他感慨万千，指着远方，话匣子就打开了。"按其管辖范围而言，除横岭区东边的黄金镇、龙王庙，包括岭南三镇外，其余都是咱们的地盘。古时的骊山北岭，植被覆盖完好，整个岭区林木茂盛，绿草如茵，溪流潺潺，野花遍地，特别是到了每年的春季，迎春花、野山花、藤果花，以及柳絮，芬芳馥郁，清香扑鼻，到处一派生机，呈现出蝶飞蜂舞，虫鸣鸟啼，牛羊遍地，花簇似锦的盎然景象。就因为这里秀美，文人骚客把骊山北岭形容为'绣岭春芳'，不知从哪个年代开始，这里就成了远近闻名的八景之一。不看不知道，一看还真是令人心旷神怡呀！"

几位随行者都清楚陈主任的文采，更佩服陈主任的口才。"陈主任文思泉涌，信口就是诗文，不愧是挂职的大学生呀！"小李的话音一落，引起大家一阵掌声。

"来了，来了。"村委会石主任气喘吁吁地招呼着，一边小跑一边掏出香烟递过来。

陈主任没有接香烟，而是居高临下地说，"都啥年月了，咋还是老样子？"他指着隘口小道，"要致富，先修路，多少年验证过的真理，到你这儿咋就不灵了呢！"

"不是不想弄，这不是没经济么？"石主任可找到诉苦的人了。"别看这牙长的一段路，没有这个数，不敢弄。"他伸出两个手指头比画着说，"这才光是水泥和钢筋的钱，沙子石头可以以工代赈。"

一句话噎得陈主任尴尬哑言，刚才的盛气凌人劲儿，一下子抛到九霄云外。他知道水泥路面的投资不是个小数目，自己这个开发办主任无能为力，但是为了在同事面前不丢份子，轻咳了两声说，"你们可以打个报告给乡政府，申请修路经费吗？理由么……"陈主任踱来踱去，想了想说，"理由是响应上级号召，发展'一村一品'。大白杏是你们石磨村的产业品牌么？"说到这里，陈主任忽然想起一个主意，"哎，你们那个'人种庙'不是香火很旺吗？那就结合开发人文旅游资源嘛！对了，就报'果业品牌和历史人文'这个项目，对，就这个项目。"他转过身告诉部下说，"小李，你负责这个项目的落实，我就不信弄不到钱。"

石磨村支委会、村委会，两套班子的人都到齐了。

陈主任可逮着机会了，做报告似的说："近年来，乡党委、乡政府带领全乡人民解放思想，与时俱进，落实科学发展观，真抓实干，按照《强化一个基础，确保两个增收，狠抓三大基地，实现四个一工程，争创五大品牌目标》的要求，突出大白杏为主的杂果产业，着力打造北岭明珠，实施名牌战略，打造亮点，确保农民增收。同时依托人文资源和地理优势，使全乡人民早日走上小康之路，使全乡经济和社会各项事业迈上新的台阶。"

陈主任本来已经有些想打退堂鼓，没想到一下子来了五六个村干部，他的兴奋神经立即被触动了，情绪随之膨胀起来："开发骊山北岭的旅游资源，其他乡镇早就动手了，有的开发的结果，老百姓受益了，尝到了甜头；有的请城里的文化专家考察，请学者策划，修复古代遗迹，吸引更多游客，打造旅游品牌，走发展旅游经济的路子很成功。再说了，咱们骊山北岭具有古老文明的历史，像一百万年前的猿人化石遗址，就是沿古河两岸向下游迁徙，沿北岭半坡发展壮大的。古时候地壳造山运动，使北岭逐步抬高，古河地下沉，北岭的半坡就形成了古人类活动的分布带。北岭一带就是因为发现了猿人遗址而出的名，接着陆续发现了大量的石器时期遗址，仰部文化至龙山文化的人类聚落遗址，这不就是历史文化吗？咱这个地方，还有华胥氏、伏羲氏、女蜗氏活动的遗迹，这不就是始祖文化吗？'人种庙'求子祈福，不就是民俗文化吗？把这三个文化弄清楚了，我们这里就红火了。你们就因了有人种庙，有个滚暄成婚的典故，石磨村就是因此而得名的。"

陈主任停了停，转过头看着郁郁葱葱的北岭，回过身用目光扫了扫在场的人又说，"号称'人祖爷居住地'的石磨村，你们咋，咋是守着金饭碗还讨饭吃咧？"

陈主任博学多才，高瞻远瞩，听得石磨村两委班子的人瞠目结舌，就连开发办的部下，也是头一次领略陈主任渊博的历史知识。

五

开正叫上牛虎，要上北岭石磨村去朝山逛会。他俩爬到毛儿草坡上有些累了，开正坐下来说："歇一歇，都出汗咧！"

牛虎拧过身，看着川道的远景感叹道："立在高处，看咱川道，高速穿过，希望之兆。"

新修好的八车道高速公路，从古镇和北岭的半坡上穿过，就像在巨人腰上系了一条美丽的黑色缎带，飞速往来的大小车辆，就像点缀在这腰带上的朵朵祥云。

我立在高高的山岗
看高速路穿过家乡
五彩缎带飘落北岭
带咱走进人间天堂

　　日子过得轻松舒坦

　　唱着歌儿神游四方

　　……

　　牛虎长得匀称，五官周正，浓眉大眼，高鼻梁，一看就是父亲惠顾的胚子，生来有一副好嗓子，而且还是男高音，走到哪唱到哪，看到啥就唱啥。今天站在北岭半坡，遥看川道秀美的景色，发神经似的诗兴大发，脱口吟诵根据《天路》自己改写的诗歌，表达豪迈的感受。

　　"怼咧，快怼咧些，知道你多喝了几口墨水，咋不去省城大剧院臭美，在这北岭上胡骚情呢？"开正知道牛虎很有文艺细胞，可就是看不惯他那软绵绵酸不溜秋的吟诗首歌的样子。

　　开正人高马大，条马脸阔耳朵，下巴长地包天，说起话来口吃，是古镇上有名的歪人、二流子，也是方圆几十里的有钱人，现在上了点年岁，比以前改邪归正多了，人也显得稳重了些。要说起半大小伙子时候的开正，古镇上无人不知，无人不晓。开正从小就没了爹娘，自打懂事儿起，就是一个到处偷鸡摸狗的浑小子。偷鸡摸狗倒还是小事儿，不到十二三岁却添了个瞎毛病，见了婆娘就掏出牛牛儿往人家身上撒尿，见了年轻女娃就撵着脱人家裤子，最后发展到糟蹋人家还没成人的碎女子，成了公安局青少年管教所的常客。不知进去了多少回，因为不够法办年龄，关一阵子就又放了出来。

　　开正最后一次放回来那年，正值改革开放的年月，古镇街道农贸市场三六九的集市一下成了气候，人们把自家的鸡蛋、猪娃儿，拿到集市上换个油盐酱醋，再购置些农具啥的。古镇集市是方圆几十里最大的集市，十里八乡的人都到这里来赶集，人山人海把整个古镇挤得水泄不通。这些赶集的人群里，夹杂着南源上的蛮子，北岭上的愣娃，川道上的二杆子，有时遇到这些货故意找碴儿，话不投机就大动干戈，弄得集市上打捶闹仗，乌烟瘴气。

　　开正家坐北朝南有五间大房，人深有七八丈，在古镇街道东头，地段极好。开正成为有钱人，就是靠这些老房子帮了大忙。他没有啥能耐，一不会做生意，二没本钱倒买倒卖，只好把房子租赁出去，赚点钱混日子。

　　古镇政府提出"扩大农副产品交流，吸引外来投资，丰富集市贸易"的号召，解困的企业和商贩，一时间都涌向古镇，开正家被一家外地公司租赁，一下子富了起来。有了钱的开正好像开窍了，也明事理儿了，没多久就成了家，女人贤惠能干，利用宽敞的院子开了个西点蛋糕房，生意兴隆，家里越来越殷实了。如今，开正已是一儿一女两个娃的父亲了，大的都上初中了，小的正上小学。媳妇小秋不知道用了啥法子，把从小就惹事生非，不务正业的二杆子开正，治理得服服帖帖。有了女儿后，开正一下子像变了个人似的，弄啥成啥，经营啥都盈利。媳妇也是个能干的料儿，不但会持家，而且还能精打细算，没几年，两口子就盖起了五间三层楼，成了整个古镇街道上最高、最气派的建筑了。

开正现在生意摊摊大咧，与媳妇一商量，在家门口雇了两个小伙计，他只管进货，日常生意交给媳妇操持，自己得空儿东跑西窜看热闹，方圆只要有个啥会啥戏班子的，总缺少不了他的身影儿。路近了吆喝一声，稀里哗啦一大堆人，吵吵闹闹逛一路；路远了再喊叫也没人响应。这不，弄了一个早上，也没拽上人，只好把牛虎叫上一块走，承诺的代价是到了庙会上，"让你美美喝上一碗羊肉泡"，牛虎这才答应和他一起去。

"你，你鬼头鬼脑，看啥呢？"开正口吃地问牛虎，"这，这荒秃野岭的，有，有啥，啥好看的？"

"悄悄儿，你懂个屁！"牛虎用嘴往前拱了拱说，"别看你结婚咧，你看过这西洋景儿？"

开正朝着牛虎嘴拱的方向看过去"啊—！"

"有人？"二妞一钻辘翻过身，本能地把自己私密的地方压在身下。开正和牛虎迅速低下身子，毛儿草淹没了他们俩。

社教仰起身左右看了看回答说，"有个鬼？"就又躺下了。

"这一对狗男女，没娃怪炕呢，到北岭坡上弄这事儿，咋，想借坡势播种呢？"开正经常在人种庙瞎日鬼，对男女之间那点事儿是再熟悉不过了。他目光盯住二妞肥硕的精尻子，到底还是敌不过这种刺激，不一会儿来了精神，转过身掏出牛牛痛快地揉着。

"省着点，瓜怂。"牛虎一边强忍着下身的鼓涨，一边轻声告诫开正。

开正实在忍耐不住了，"啊——！"一声长叹。

社教一骨碌爬起来说，"有人，快穿！"

六

每天清晨六点，春花都被门板敲击声惊醒了，这是祖父叫她起床上学的信号。

起床后，春花到灶房生火做饭，借着炉膛里的火光预习课文，然后三下五除二炒个酸菜，还有头晚剩的红苕，就着馒头当是早饭。红苕是家里的主食，灶房的墙角总是堆着五六个，需要的时候，便拿刀切一块下来即可。

春花的中学离家有六七里远，途经半山腰的土路。北岭上的学校一般都是九点上课，春花早上六点半出门，两个多小时才能赶到学校，从未迟到过。有一次下暴雨，北岭沟道爆发泥石流，按照学校规定雨天同学们可以不来上学，可春花绕过泥石流，抓着树枝、藤条，爬上了深沟，再翻了一道昂，中午十二点才到学校，校长和老师非常惊讶。

从上初中开始，春花每天在崎岖山路上要来回跋涉近四个小时。特别是到了冬天，天还没全亮，一个人孤独走在岭上的小道，还要攀上一座陡峭的山坡，这陡坡像是故意给春花设的障碍。

这个文静瘦弱的女孩子，每天来回十五里的山路，初中两年已经走过二千七百多里！春花在日记中写道："要不是从小和爷爷在北岭上跑上跑下，俺可能都坚持不下来。读完高中，用脚丈量的路程，可能将超过六千七百多里。这可比从西京到北京打两个来回的路程还要长，虽然俺还没去过西京。"春花在日记里发出如此的感慨。

放学后，老黄狗迫不及待地跑上来撒着欢儿，这是春花最惬意的时刻。每到这个时辰，爷爷的烟瘾就来咧，他估摸着春花也快回来了。回到家的春花把书包一扔，和老黄狗守在隘口小道，让爷爷他老人家歇息歇息，自己跑前跑后招呼来往的路人。

傍晚，村委会石主任来到独庄子，和老看山在东屋里偏闲传。

春花点着煤油灯，黑暗的西屋里顿时亮了点，春花翻开书包拿出作业本，光影投射到她的脸上，一个大脑袋影子占满了整个墙面。忽然她听到爷爷给村长说，现在的学费太高了，一学期算计下来也得千儿八百。日子升进斗出难熬啊。春花停下手中的笔，思前想后来到东屋说："爷爷，俺以为学费不高，没想到要拿这么多钱，俺不想上了咋相？俺想在家帮您看山！"

对春花突如其来的提议，老看山蒙了。

石主任"吧嗒吧嗒"抽着旱烟袋，吐着白色的小烟圈，叹了一口气说："春花是咱村唯一考上重点高中的娃，是咱石磨村的希望啊！知道你爷孙俩相依为命，就靠这点看山钱过日子，容俺明天找找人，向上面反映反映，看这学费能不能给减免点，就算再苦再穷，咱也要想办法，不能让春花中断学业。"

"花儿，俺娃你甭急，爷爷会有办法的。"祖父叹了口气，咬牙说道："花儿啊，就算砸锅卖铁也要供你上学，留在这山沟里，今后没出息啊！自打小你就聪明，还拿了这么多奖状，你要是不上学能对得起你死去的娘吗？"

"爷爷……"春花抹了抹眼泪说，"爷爷，俺再想想成不？"春花心里清楚，这样的谈判是没有结果的，但她仍然想说服古稀之年的爷爷。

"老叔哇，娃这样想是为了您那。"平时遇到难题绕着走的石主任，这时却动了恻隐之心。他磕了磕烟袋锅，把话题一转说，"春花不能不上学，村委会想办法资助她。现在农村年轻人都不愿意上学，光看眼前利益，到城里打工是能马上赚到钱，可从长远看，那是误人子弟。不改变农村缺少文化的落后面貌，还谈啥新农村建设呢！"石主任有些激动。"不是流行一句话么，说现在的农村呀，被一支'三八六一九九'部队接管咧！想想人家这话也有道理，农村现在哪还有壮劳力？很多村都是病老汉、碎娃，甚至有的村都唱了空城计，这就是咱们中国农村目前的现状。春花学习这么好，如果中断学业，咱新农村咋个实现全面小康呀？"

"大伯，啥叫'三八六一九九'部队？"春花一扫刚才的心理阴霾，好奇地问。

石主任笑了笑解释说："三八，代表妇女、六一，代表儿童、九九，代表老人，合起来不就是'三八六一九九'，你说像不像部队的番号！"

"哈哈，哈哈！"石主任的话逗得爷孙俩开怀大笑。

石主任站起来说："好了，放心吧春花，俺现在就回去想办法，这个学一定要上，你是咱村的苗子，是咱新农村的希望！"

石主任一路回家一路思考，是啊，农村的贫困，造成教育程度不高；教育程度不高，又造成家庭的继续贫困。如此恶性循环，何谈新农村建设，何谈实现全面小康社会，到啥时间才是个头吗？咋能不让人纠结、心痛！他打算再到村里四处转转，却发现村里一片黑漆漆的，百多户的村庄仅有四五处亮灯的，石磨村的民房"空置率"堪比城里一些楼盘。这些年来，农村经济虽然好转，家家户户虽然有饭吃，有衣穿，但整体还很落后，特别缺乏文化生活，农村的精神面貌无从谈起，老百姓天黑没事干，点灯嫌费油，看电视嫌花钱。过去的农村可谓是"白天拼命做活，晚上缺少娱乐，没事只有睡觉，夫妻造人为悦"，可现在连这样的情况都没有了，大部分青壮劳力和年轻媳妇都外出打工去了。农村缺少文化生活就没有生机啊！

石主任为此跑了几回县城，找职能部门求助，只有广电文体局勉强答应，帮助解决石磨村的文化广场建设，原则同意在原小学的旧址上，建一个文化活动中心，配置一些体育器具，再摆放些图书、电脑等设施，改善石磨村文化落后的现状。项目计划是批准了，可建成需要二十多万元资金，村委会还要承担三分之一的经费。

想到这些，石主任头都大咧。

七

老看山正在崖边上与惠顾争执不下，一个不能接受所给的钱，一个却非把钱送出去不可，老看山俨然生气了，逼着惠顾把钱收回，使惠顾不得不把钱攥在手里。但上了隘口小道，惠顾跑到大盘石上，把几张十块的票子往石头上这么一压，回头笑眯眯地看了老人一眼，匆匆忙忙走了。老看山还在招呼别人上隘下坡，无法去追赶惠顾，就喊北岭坡上的孙女，"花儿，花儿，帮我拉住他，不许他走！"

春花不知道是咋回事儿，当真便同黄狗去拦他。

惠顾笑着说："不要拦我，你看——"

春花转过头，看到过隘口小道的人越来越多，有人告诉春花刚才是怎么回事，春花明白了，更拉住惠顾衣裳不放说："不能走！不能走！"黄狗为了表示支持主人，跟在春花身边"汪汪、汪"地吠着。

祖父气喘吁吁地赶来了，把钱强迫塞到惠顾手心里，搓着两手笑着说："走呀！你们上路咧！"惹得这群人全笑着走了。

"爷爷，我还以为他对你不敬和你打捶闹仗咧！"

"他送我好些钱，我才不要这些钱呢！他就同我吵，不讲道理！"

"还给他了吗？"

祖父抿着嘴把头摇摇，装成狡猾得意地神情，笑着把卷在腰带上的那张新票子拿出递给春花，"他得了我那把烟叶，可以吃到古镇上！"

远处的鼓声"咚咚咚"响起来了，黄狗支棱着两只耳朵听着，春花问祖父，"听没听到啥声音？"祖父一留意，知道是什么声音了，便说，"花儿，庙会又来了，还记不记得头年川道古镇上的牛虎，送给你那只在北岭坡上摔断腿的母羊？早上牛虎和一群人过路时还问到你。你一定忘了那次庙会天黑后的情景。"

春花想起了两年前庙会不顺心的事情，经祖父一问，春花带点儿恼气地神情，把头摇了摇故意说，"记不得！记不得！"其实她那意思就是"我咋记不得！"

祖父明白那话里的意思，又说，"你一个人在人种庙广场等我，差点儿不知道回家，我还以为人家把你给拐走咧！"

提起旧事，春花"扑哧"一声笑了。

"爷爷，您以为真有人想拐走我？那天只是恨不得让古镇来的爷爷，把你装酒的葫芦吃光了，看您这记性。"

"人老了，记性也坏透了。花儿，现在你人长大了，一个人还敢上庙会看热闹，不怕被人给拐走了？"

"人大了就应当看山哩。"

"人老了才当守山。"

"人老了应当歇息！"

"你爷爷我还可以打老虎，人不老！"祖父把膀子弯曲起来，努力使肌腱在收缩中显得突兀有力，"花儿，信不信？来，咬一口！"

春花睨着眼睛，看着腰背微驼满头白发的祖父，说不出话来。远处传来喜庆的唢呐声，春花和祖父一道爬上高坡，看那迎婚送亲的喜轿，春花不过瘾，还爬到隘口的最高处去眺望。

那一伙人中有两个吹唢呐的，还有四个强壮的汉子抬着一顶空花轿，一旁跟着个新郎官模样的青年人，后面走着一个孩子牵着两只羊，一个担着几斤五花肉、四瓶酒、四斤点心共四样礼的壮汉，还有几个人抬着空抬落格子来到隘口。春花同祖父前后招呼着，嘴里不停地说，"恭喜，恭喜！"春花故意贴近花轿要看个究竟。过了隘口小道，伴郎小伙儿笑着送给春花上面有"双喜"字的一小包瓜子糖，嘴里不停地说，"同喜，同喜！"；新郎官笑逐颜开，从西装兜里掏出一个上面有双喜字的小红包，递给老看山，老看山满脸堆笑地收下，他通晓这风俗，喜份儿不能拒绝。收了钱便喜滋滋地问道，新娘是啥地方人？明白了；又问姓啥？明白了；又问多大年纪？一切皆弄明白了。吹唢呐的这时又把唢呐"呜呜喇喇"吹了起来，祖父同春花站在隘口小道旁，目送着一行人翻过北岭消失在远方，仿佛自己的心也被唢呐声带走了。

祖父掂着那红包的分量说："花儿，宋崖子的新嫁娘才18岁。"春花明白祖父的意思不作理会，静静地摆弄着自己的长辫子。老黄狗撒欢儿围着春花转，春花转过身跑回家，取来用毛竹做成的双管唢呐，请祖父坐在崖边吹奏《汗衫记》中的"送女"曲。这《汗衫记》是元杂剧。由元朝张国

宾创作,

描写张孝友雪中救活陈虎,反被他夺妻陷害,一家人离散,十八年后张孝友之子长大成人才得以合家团聚,并报了冤仇的故事。春花躺在大盘石上,看着天上的云,悠然想着自己的心事。

八

晚上,老看山躺在大盘石上,望着满天的星斗,看到那颗最亮的星星对他眨着眼睛,心想那就是女儿来看他的。

"感谢老爹二十年来把我女儿养大成人,但是,女儿仍然不能大白天来看望您老人家,因为我无脸见江东父老呀!"

老看山仿佛接收到女儿传递来的信息,目不转睛地看着那颗最亮的星星,眼角不知不觉流下一行热泪。

"是啊,眼看着就二十个年头了,小春花已经长成大姑娘了,出落得跟你当年一模一样。"老看山心里默默地告诉女儿,"如果没有什么闪失的话,过两年我就给娃提亲说媒了,要看着给一个好人家,我就完成你交给的任务了,到那个时候,我想你也会高兴的。"

"老爹做事一向严丝合缝,我相信您老人家。不过,又让您得费神费力了。"

这时,一阵清风吹来,老看山打了个激灵,原来是老黄狗来到身旁,悄无声息地挨着他躺下。他伸出手轻轻地抚摸着老黄狗,这种无言的交流,是他与老黄狗多年来的一种交流方式。

记得那年刚入夏的一天中午,老看山正在招呼人们过隘口,突然一阵狂风暴雨袭来,人们大呼小叫,牛羊惊吓得四处乱窜。

"哇哇哇——"隐隐约约一阵婴儿的啼哭声传来,却被狂风暴雨声淹没了。

看着一拨拨人群从隘口安全走过,老看山长长叹了一口气,刚掏出旱烟袋准备装上一锅吃吃,但见老黄狗嘴里叼着什么东西,气喘吁吁地朝着隘口方向走来。

"哎,你看!"何老贵指着老黄狗,"哎,我说老哥,该不会是你的老伙计给你送饭来了吧?"

老看山转过身一看,"啊,我的神呀!"他赶紧往下跑去。

何老贵不知咋的，也跟着往下跑。

老看山从老黄狗嘴里接过婴儿，"我的神，这是咋的了？"看着裹春花的蓝布全是黄泥巴，他转过身指着老黄狗破口大骂，"你，你个混账东西，咋能把春花叼来！"举手就打。

老黄狗一动一动地趴在地上，任凭主人抽打，嘴里还"呜噜呜噜"地低声吠着，委屈的眼泪哗啦哗啦往下滚。

"哇，哇，哇"，春花的啼哭声里没有一点惊吓，而是一种欢乐地呼唤。

何老贵接过春花，发现孩子脸上有一块黄泥巴。"这女子命真大，脸上都青一块紫一块的，仍然笑呵呵，没有伤心的样子。"

老黄狗这时爬起来，咬着老看山的袖子往山下拉。

"老贵，走，跟我去看看，是不是家里有啥事了？"老看山的一下子明白了，撒开腿跟着老黄狗就往山下跑。

何老贵来到窑洞前，被眼前的景象怔住了。

山洪肆虐地从窑洞左侧一泻而下，半个窑洞都被洪水的黄泥巴灌满了，窑洞的门窗东倒西歪已经严重变形。正在这时，"轰隆隆"一声，窑洞冒顶了，从里往外塌方，黄土形成的气浪冲出来，瞬间变成了一股黄泥掀起足有丈把高的泥浪，把门前的小菜地冲击得乱七八糟。

老看山摸着老黄狗，一股悔恨之气从丹田升起，上升到了胸口处也变成一股难以消解的气浪。他感觉这种气浪就是快要毙死的哽咽，一阵从未有过的气浪横亘在胸口。"啊—"老看山一口血喷出。

何老贵被吓了一跳，"老哥你，你这是怎么啦？"

老看山慢慢平静下来，泪水像断了珠子似的往下流，他抱着老黄狗，一边抽泣一边哺哺道："老贵呀，你可看到了，你说我这老黄狗多通人性呀！要不是它，我这根独苗苗，不就葬身黄泥里了。小春花要是有个三长两短的，咋叫我向她死去的母亲交代呀？我那在天之灵的女子更死不瞑目了。"

何老贵也低下身子，用手摸了摸老黄狗，不停地点点头，"人常说，狗是人的终身伴侣。看来这老黄狗真是你的一个好帮手，今天不是我亲眼所见，咋能相信一只狗能救一个婴儿。你就是绘声绘色把这件事告诉别人，人家也不会相信呀！"他把春花交给老看山的，也用双手抱着老黄狗，"你这老伙计真是令人感动呀！"

老看山眼里充满了感激的泪水。

"爷爷，你看谁来了？"春花手里提着做好的饭菜来到隘口，身后跟着老朋友何老贵。

"哈哈，这么黑了，一个人躺在大盘石上想啥呢？"何老贵说着一屁股坐在大盘石上。

"爷爷，正好我炒了两个菜，外加一盘油炸花生米，您和何爷爷一块喝两口。"春花放下饭菜和酒葫芦，"爷爷，我复习功课，一会儿再上来拾掇。"

"俺娃你去吧，这里有我陪着你爷爷呢！"何老贵拿着酒葫芦，给每人倒了一碗酒，"来，来，来，喝完了，我这里还有。"

"哎，你说这地方邪不邪？刚才我还念叨你呢？"老看山坐起来说，"说曹操，曹操就到呀！"

"念叨我？咋？想我了？"何老贵故意问。

老看山回答道，"哎，想你不假，可都是伤心事儿。"

"啥？我又咋让你伤心了？"何老贵认真地问。

老看山喝了一口说，"还记得十几年前，就是这个老伙计，它救了春花的命。"他指着旁边的老黄狗。

"哦。咋不记得？一辈子都忘不了！"何老贵看着身旁的老黄狗问，"咋啦？老黄狗又咋的啦？"

老看山看了老黄狗一眼，摇摇头说："老黄狗什么也不咋，只是我一个人静静躺在这，想起了十几年前的事，哎，这不，几年前还是它，还是它救了我一命。"

"你说的是你上次得病的事儿？"何老贵一本正经地问，"快说说，你咋让老黄狗救了一命？"

"来，喝一个，咱们慢慢遍。"老看山和何老贵碰了碰一饮而干。"平时，我吃过上午饭就睡在隘口的大盘石上，怕有人了不知道，所以几乎一直都这样。可那一天真是鬼使神差，吃过饭，我就偷了个懒顺便躺在炕上睡着了，迷迷糊糊感到有什么东西压着我似的，怎么也起不来，挣扎了好半天，仍然没办法起来。这时，我被老黄狗叼着胳膊，从炕上拉了下来，按理说从炕上摔下来应该清醒了吧，可这人心里清楚，身子就是不能动。你想，你想这老黄狗该如何办吧？"老看山一口气说了这么多。

何老贵看着老看山的，想了想又摇摇头说："想不出来。它又不是个人，它有啥办法，我咋能知道？"

"哈哈，这伙计真有办法。它一边叫一边往山上跑，来回跑了好几趟，想找个人来帮忙，可隘口上人来人往，谁也听不懂地叫啥呢？"老看山说到这，用手摸了摸老黄狗的头，深有感触地说，"跑了几次之后，看人们不理解他的苦衷，只好跑回来又咬着我的袖子，一步一步把我拉出了家，摆在院子当中，也可能它没了力气，也可能怕我耽误时间，它就站在一旁大声'汪汪，汪汪'叫个不停。那种叫不是平常那种叫声，而是撕心裂肺那种拼命的狂吠，让人听了非常心急。"

"那，那也没有人发现它叫得那样悲壮？"何老贵着急地问。

"你还别说，老黄狗这样叫，引起我们村长的好奇心。他跑过来站在崖上往下看，一眼看到我躺在院子里，赶快喊了几个人把我送到公社卫生院。医生看了说，'多亏你们发现及时，要不然这人就没命了。'村长笑着说，'不是我们发现的及时，而是这个家伙发现的'，村长指着老黄狗说。医生听了根本不相信。还是等我好了以后，我把发病的经过一五一十告诉医生，医生才半信半疑。"

"哦，原来这样。光知道你病了，真不知道是老黄狗的功劳。"何老贵动情地又摸了摸老黄狗。

两个人不知不觉把酒葫芦喝光了。

九

农历四月初八，是人种庙为释迦牟尼佛庆生的香火会，方圆几十里的村民都在这天汇集到石磨村。

初夏，骊山北岭坡地的麦子即将开镰收割，沉甸甸的麦穗压弯了麦秆，阵阵燥风拂过，麦浪有韵律、有节奏地翻滚着令人心动的声波，一股股发自肺腑、挂在脸上的喜悦神情，荡漾在每个庄稼人的心头。

一大早，人们从四面八方三三两两涌向庙会，有的雇了蹦蹦车，有的骑着摩托车，有的包一辆卧车显摆扎势，也有翻山越岭步行而来，个个喜笑颜开，"逛"性十足。也难怪，辛苦繁忙的夏收即将开始，农民仿佛是大战役前夕的士兵，跃跃欲试做着战前的精力储备，一旦投人开镰收割和夏种，就要在炎炎夏日里苦战个把月之久，今日的庙会实为战前的休整。唐代大诗人白居易曾留下绝句，慨叹农时匆匆，农事不易。

田家少闲月，
五月人倍忙。

> 夜来南风起，
> 小麦复垄黄。

社教拉着二妞，穿行在逛会的人群里。二妞生性嘴馋，硬要社教买吃货，社教看着买货的，卖货的，谈价的，闲逛的，人头此起彼伏的攒动，有一种节日欢愉的感觉。庙会集市上的货品多为镰刀、锄头、筐篓等生产农具，还有草帽、胶鞋、手巾之类的生活用品，各种民间小吃也不会错失时机，大大小小的蒸馍、荞面饸饹、泡泡油糕，小碟的凉粉，大碗的羊肉泡，香味四溢，馋得孩子们眼不离食摊儿，大人们直咽口水。二妞吃了这样又要那样，可没吃几样肚子就撑不住了。

十里八乡逛庙会别有一番情景。平日里各忙各的一亩三分地，在本村难得相见的，这一天却在庙会上相聚了，见面后你捶我操，大呼小叫。不相识的男人，互称一声哥们儿，相视点头一笑，扔过一支纸烟，算是交情了；路上萌情的男人女人，在碰面对视的一瞬间，往往是女人羞脸侧目匆匆离去，男人则傻愣愣地痴望对方，直到女方消失在拥挤的人流中。爱情男女总是这样，情窦初开时，表面矜持沉静，内心却情涛汹涌。昔日庙会广场上，尝吃货，玩杂耍，抬龙王，为"农家三乐"，最高潮的当属唱大戏。如今新搭的戏台两端圆柱上，一边贴着"出将"，一边贴着"人相"，两边楹联是"装谁像谁谁还是谁""也斩也杀斩杀不死"，中间是"昼夜不分"。乡里人喜欢秦腔戏，男人爱看武戏"五典坡""连环套"，女人喜欢文戏"春秋配"、"五女拜寿"，年轻人爱看那不文不武的"豹头山"。庄稼人一年能看上两回戏就算过瘾了。所以，大部分人逛庙会是为了愉悦自己，看看热闹罢了。

人说"演戏的是疯子，看戏的是瓜子"。今日庙会广场的戏台前挤满了看戏的人，正在上演的"豹头山"里，两个女大王争夺罗成，程咬金混在里头直打诨，台下一阵阵哄笑，庄稼汉子说唱得"粉"，"有滋味"，大闺女、小媳妇也喜得直咧嘴。天黑了，蓝麻油的汽灯下，黑压压一片人头，光听到台上唱戏和"家什"响。开正和牛虎挤在人堆里，心不在焉地交头接耳，一会瞅瞅这边的漂亮女人，一会儿又瞟瞟那边的年轻女子，想找俩女人玩玩，打打野食吃。一些半茬大的孩子，挤过人群窜进庙里，从神像的鼻子到眼，一天得摸八回。若遇平时，道士是不容许孩子进庙瞎折腾的，再说像春花这样的姑娘，一两个也不敢进庙。而今天庙会上，烧香磕头的人都挤成疙瘩，道士光忙着敲磬收钱，哪里还得空管这些。

善男信女逛庙会，大多是为了"布施"，讨个吉利、消灾除祸。"布施"五花八门，有送匾的，有给"积德箱""功德箱"放进省吃俭用节省下来几元钱的，留一份香火钱，讨得一张"福从天来""吉祥如意""早得贵子"的红纸，兴高采烈心满意足。与其它庙会习俗相比，石磨村庙会有两点十分独特，一是"担经挑"，也称"担花篮"，这是一种比较原始的祭祖娱神的舞蹈形式。庙会期间，这些"经挑班子"在人种庙广场上载歌载舞，吸引许多前来进香的善男信女们驻足观看，舞到高潮处，舞者走到中间背靠背两尾相碰，象征伏羲、女娲相交之状，其唱词也多与伏羲女娲有关，舞蹈的一些动作，与汉代画像石中人首龙身的伏羲、女娲下部交尾的图像基本吻合，是原始的生殖崇拜的一种习俗。春花那些姑娘们看到这些，总是脸一红，低头就跑。二是随处可见的"泥泥狗"，这是庙会上出售的一种泥玩具，吹之有声，纯粹的民间手工艺品，这种绝活儿只能在庙会上看到。这些用泥儿捏的玩具造型多样，形象夸张，神态各异，于古拙中见寓意。据说泥玩具是流传至今的原始社会后期的活文物，有的泥泥狗的造型反映了伏羲时代的生殖崇拜。

烧香磕头完事的人，就坐在人种庙院里的拱石上欣赏宽敞宏伟的大殿，孩子们好奇地指着金碧辉煌的琉璃瓦殿脊上问，那用铁链牵着、有一人多高的"牙牙葫芦"是啥意思？回答说，那个"神上神"是姜子牙封的，是姜子牙贪得无厌的外甥。至于那些不同形状的怪兽就说不上名了，统称"张口兽"。有人去搂量殿上的二十四根红漆大柱子，它撑着九间殿宇，叫"大插架"，是"鲁班活"。大殿彩绘斗拱，仙檐重角，气势恢宏，在北岭方圆可算首屈一指了。春花这些孩子，从小在庙前长大，觉不出有啥新奇。只是殿门前柱子上那两条赤蓝龙，探下身子，张牙舞爪，老是想抓小鬼，才觉着既害怕，又好玩。

十

二如走进了老君殿，把贡品一一摆在女娲娘娘前的贡桌上，虔诚的先弓腰作揖，然后双腿跪跽蒲团，双手搁置额头磕拜，三叩首之后，低头默想人祖爷赐子祈福，祷念人祖伏羲为了人类繁衍，特派人种庙堂求子。早就听说老君殿的龛壁上有个子孙窑，摸一摸就可以子孙满堂，所以婚后未孕的妇女们，专为求子而来，往往在庙会上买一个泥娃娃，用红线拴好，再到子孙窑里摸一摸，然后将泥娃娃小心翼翼藏在衣襟里带回家，如果碰巧怀孕得子，则对人祖爷感恩不尽，下次庙会一定要来敬香还愿。

忽然，一种妙音从天宫飘飘而来："阿弥陀佛！看到施主人近中年，想必是求子而来，那就请施主到东边人祖爷歇息的茅草屋等候。阿弥陀佛！"

夕阳下，余晖渐隐渐退。二妞按照道人指点，来到人种庙旁边一间旧屋里等待，心里有些怯阵，"咋不叫上社教呢？也好给自己壮壮胆么"，正在犹豫不定时，隐约看见开正从屋后一闪而过。

前两年，开正逛庙会邂逅了皮条客，过了三天三夜的欢欲生活，心满意足。他一天接了四五个活儿，也不知道皮条客拿多少钱，只知道每次完事儿，给自己二十块，外带两包水晶饼、核桃酥，乐得他整天胡思乱想，只想做那事。

屋里黑乎乎的，啥也看不清。"施主可好？阿弥陀佛！请把衣裳褪去躺好，人祖爷会恩赐予你，叫你如愿所偿早得贵子，阿弥陀佛！"声音虽不大，但却清晰人耳。二妞扭捏半天，怯生生地想，脱吧，不好意思；不脱吧，咱这做啥来咧？人常说"不孝有三，无后为大嘛"，多少年让人耻笑，说咱是"肥母鸡不下蛋"，今天就是上刀山下火海也得忍咧、受咧！于是脱去衣裳躺在宽大的苇席上，身体却情不自禁地战栗起来。"都啥年代咧，咱还迷信祈子求福？"她有点后悔，心里开始埋怨起丈夫来，"啥怂男人嘛，死要面子活受罪，早知道还不如进城到大医院去看看，到底是谁的毛病不就有治了？唉，唉！"

社教躺在北岭半坡的床单上等着媳妇。他从老看山手中接过一壶茶边喝边遍，觉得今天时间过得特别慢。"都说您老守了一辈子山，不容易呀！"社教闲得无聊，没话找话说。

"不碍事，身子骨还硬棒咧！"老看山回答道。

社教问："围着转的那女子，是您孙女？"

"外孙女！"

"哦，那闺女呢？"社教又问。

老看山低下头，没法回答。

社教见老看山不愿多说，转过头自言自语地发了一顿感慨："是呀，这人世间是个事儿它就复杂。"社教打住了话题，举目四望，忽然被眼前的景致惊呆了，"这漫山满坡的哪来这么多的单子，别说还挺有意思的。用人家文化人的话叫啥'一道亮丽的风景线'吧。甭说，真还有那么一种感觉！"

社教回过头又问,"天都快黑咧,人咋还这多的?"

老看山本不想回答,但又怕驳了他的面子,想了想说:"唉,都和你俩一样!求得个心里安稳。"

社教脸上一阵发热,不好意思再问,赶快转移话题说:"人种庙的香火这么旺,石磨村的经济肯定差不了?"

"穷乡僻壤,农业上不去,掌门人没啥大本事,老百姓就靠这点方便!有啥法子,山野不薄,人太懒散!"老看山叹口气说,"都是这人种庙闹的!"

夕阳余晖下,一块块床单挂满北岭山坡,红色的、蓝色的、棕色的,五颜六色像寺院每年晒佛经一样蔚为壮观。

一股凉风吹来,隐约中一个赤身裸体的男人向二妞飘来,吓得她双目紧闭,心想这就是"人祖爷"吧?"人祖爷"蹲在二妞身边,用手轻轻抚摸她的面颊、脖颈和酥胸,由上至下慢慢移动到她的私处。二妞让"人祖爷"触摸得全身像触电似的,心神紧张得要命,紧接着全身就是剧烈地颤抖。她屏住了呼吸,大气不敢出,任由陌生手轻抚移动,从紧张到平静,惬意地渐渐进入了从未有过的舒适佳境。刚才满脑子的胡思乱想,现在却一片空白,逐渐被挑逗起来的性趣占据了她的每根神经。当"人祖爷"的手抚摸到她的下身时,二妞兴奋的性神经开始跃动,几乎不能自己,忽然,二妞觉得这不是啥人祖爷,而像是一个谙熟床第经验的老手,是一个会让女人迷乱的妖兽随着。人祖爷,抚摸的加剧,二妞呼吸急促,心神摇曳,身体不由得和他扭卷在一起。"人祖爷"慢慢进入二妞的身体里,立即感觉到"人祖爷"那块弹性肉根,硬邦邦塞满了下身.她满足地挺起下身迎合着一下一下缓缓地抽动,完全忘记了与谁同房。"人祖爷"动作越来越威猛,一种从未有过的愉悦体验迅速传遍全身。"人祖爷"几番急速抽缩,瘫软的二妞朦朦胧胧晕晕乎乎,思绪方寸全打乱了,自己好像一会儿在家里,一会儿在北岭上,一会儿又听到庙堂传来的。有求必应,阿弥陀佛,与鼓乐交汇的声响……

"施主可否满意?阿弥陀佛!"问话又从空中靡靡而至,"哦,不用回答,只需把你随身带来的供品和二百块钱放到门口的供桌上就行了,阿弥陀佛!这是你答谢'人祖爷'的供品,心诚则灵,愿施主早得贵子。阿弥陀佛!"

"人祖爷"啥时离开她的身体?"人祖爷"和她呆了多长时间?二妞脑子一片空白。

社教看到妻子满面春风来到身边,便悄声问道:"人祖爷赐子给咱了?"

二妞慌忙铺平床单，脸上一阵一阵发烧，好在黑灯瞎火掩饰了她的羞色，依偎在丈夫怀里，她充满信心地回答说："给咧！给咧！"

十一

农历七月初七，人种庙前人头攒动，又是一派热闹景象。这一天，女孩和妇女从四面八方涌来，除了比赛穿针乞巧、喜蛛应巧、投针验巧，还有拜魁星、晒书、晒衣、吃巧果等各种礼仪外，再就是参与两项重要活动——贺牛种生和祈拜织女。

老看山让人捎话，叫来川道上的老朋友何老贵替代看山，他带了黄狗和春花一起来到人种庙看热闹。人种庙广场上挤满了人，四条朱色长龙在空中翻滚起舞，人摇旱船在广场中心游来荡去，大鼓"咚咚"响个不停，春花喜滋滋地挤在人群中。今天人太多了，挤来挤去，除了看见身边的黄狗，祖父早被挤得不见了踪影。

春花面对热闹的划旱船，眼睛却盯着人群，心想"过一会儿，祖父总会找来的，但过了许久，还不见祖父，春花有点儿心慌了。想起先前两人说好的，祖父问春花："明天村里划旱船，若你一个人去看，人多怕不怕？"春花说，"人多我不怕，但自己一个人去可不好玩。"

老看山忽然想起何老贵还在隘口守着，何不请他也来看看热闹？何老贵一辈子孤苦伶仃，没有一个亲人，比自己更孤单。昨个儿托人捎话，邀好了响午来家先吃顿黏面。想到这里老看山又问春花："花儿，人多热闹，你一个人敢到广场看热闹吗？"春花说："咋不敢？可是一个人有啥意思。"到了广场，飞龙和旱船，把春花的注意力完全吸引了。老看山心想，这到收场至少还得三个时辰，趁着时间还早，回去换何老弟来看热闹，兴许还来得及。于是他就叮嘱春花："人太多了，站在这里看不要动，我到村里办点事，等我回来一起回家。"春花看旱船入了迷，没听清祖父的话就毫不思索答应了。

春花随着人流，看一群少妇打扮成牛郎，先在小木板上敷盖一层土，播下小米种子，让它生出绿油油的嫩苗，再摆一些小茅屋、花木在上面，做成农家的模样。这个木板被称为"壳板"将绿豆、小豆、小麦等浸于粗瓷碗中，等它长出寸芽，再以红、蓝丝绳扎成一束，称为"贺牛种生"。看得春花忘掉了一切。

看罢"贺牛种生"，再看"祈拜织女"。祈拜织女纯是少女、少妇们的事儿。她们大都是预先和自己朋友或邻里五六人约好联合举办，仪式是摆一张桌子，上置茶、酒、水果、五子（桂圆、红枣、榛子、花生、瓜子）等祭品，又有鲜花几朵，束红纸插瓶子里，花前置一个小香炉，在案前焚香礼拜后，一起围坐桌前，一面吃花生、瓜子，一面朝着织女星座，默念自己的心事。如少女们希望长得漂亮或嫁个如意郎君、少妇们希望早得贵子等等，都可以向织女星默祷。游戏玩到半夜才散。

老看山回到隘口小道，让好不容易上一趟北岭的老朋友何老贵也去看看热闹。"看得好，你就甭回来，见了春花问她一声，春花到时自己会回家的，如果天太黑了，你就跟娃一块回来！"

厚诚的何老贵却说："都这把子年纪了，还凑啥热闹！"对看热闹已无什兴味，却愿意同老看山在大盘石上喝两盅烧酒，哥俩一拍即合。老看山从屋里弄来一碗花生米，把酒葫芦推给老朋友，两人一边谈些七夕节旧事，一边喝着酒，不大功夫，何老贵就在大盘石上醉倒了。

老看山为了责任不便离开隘口小道，人种庙的春花急得四处寻找祖父。

日头落山了，黄昏把北岭涂上了一层薄雾，春花无心看景，心里突然升起了一个可怕的念头："假若爷爷死了我咋办！？"

外面来的歌妓，开始唱曲子招揽生意。一个男人说："开正，你听那唱曲子的，我赌个手指，这是她的声音！"另一个男人说："她陪客人喝酒唱曲子，可心里想着我，她知道我正忙着呢！"先前那一个又说："身体供别人玩着，心还想着你？有啥凭据？"另一个说："当然有！"于是吹声唿哨，不一会儿，歌声便停止了，两个男人皆笑了。两人接着便说了那女人的事儿，使用了不少粗鄙字眼。春花很不习惯听这种话，但又不能走开。那位说："那女人的爸爸是在北岭坡上被人砍死的，十几刀呢。"春花心中仍然占据着那个古怪的念头："若爷爷死了呢？"

天黑了，广场上已无他人，听到脚步声，春花身旁的黄狗朝那人"汪汪"叫了几声，那人注意到春花。

"是谁？"

"是春花！"

"春花又是谁？"

"是老看山的外孙女。"

"你在这儿做啥呢？"

"等我爷爷，等他一道回家去。"

"等他来？你爷爷一定到谁家喝了酒，醉倒后被人抬回去了！""不会！他答应来，就一定会来的。"

"这样等也不成，那点了灯的屋里亮堂，进屋等你爷爷来找你好不好？"

春花误会那个邀他进屋人的好意，还记着刚才那个男人说的妇人丑事，以为那男人就是要她上有女人唱歌的屋里去，本来从不骂人的春花，以为要欺辱她，就轻轻地说了一句："你个挨刀的！"

声音虽轻，那男的却听得见，且从声音上听出春花的年纪，便带笑说："咋咧，你还会骂人！这碎女子咋听不来话？不愿意去，待会儿那些'闲人'来拉了你可不要叫唤哟！"

春花说："德性，人贩子拉了我卖了我，也不管你的事。"

黄狗好像明白春花被人欺辱了，又"汪汪"地吠起来。那男人怕狗，跑进村里去了。黄狗还想追过去，春花便喊："黄狗，黄狗，你叫人也不看看啥人！"春花意思是说"那种轻薄男人咱不值得叫"，但男人听进去的却是另外一种意思，他放肆着大笑，溜走了。

一束手电光照来，有人喊着春花的名字，春花却不认识这个人。"老看山已经回家了,让过路的捎了口信，要你马上回家。"春花听说是祖父派来的，就同来人一路，黄狗不时地跑前跑后保护春花，一同穿过沿村小道向独庄子走去。

春花边走边问："是谁告诉祖父说俺在广场？"

那人说："是寄宿家里的牛虎，他在广场好意劝你上家里候你爷爷，你还骂他！"

春花有点儿惊讶，轻声地问："牛虎是谁？"

来人有点儿惊讶："牛虎你都不知道？就是川道上有名气的男高音！是他要我送你回去的！"

看见了手电光，老看山哑声儿问："花儿，花儿，是不是你？"春花不理会祖父，轻轻抱怨地说："不是春花，春花早被人拉走了。"一屁股坐在明厅房里。来人和祖父道个别，转身返回去了。

祖父抚摸着黄狗问春花："你咋不应我，生气了吗？"

春花"呼"的一声站起来，几步就进了东屋，看到醉倒在炕上的何老贵，她全明白了，对祖父的埋怨顿释。

十二

翌年的四月八日，一大早社教就带了一杆子人，敲锣打鼓从古镇出发，一路鞭炮一路放歌，浩浩荡荡登上北岭，来到人种庙还愿。

自从妻子人种庙祈子求福回家后，社教就到南方出差，一去就是三个多月，可把老婆想疯了。匆匆忙忙回到家，可一进家门却见二姐上吐下泻，要死要活的样子，那种急切一下子烟消云散，他慌忙开车把妻子送进了县医院。医生还没问症状，社教就一五一十地说来。看他焦急的样子，医生大笑不止，气得社教恼了："俺都快急死了，你不赶快给瞧病，咋还这么笑话人呢？"

"你们俩结婚几年了？"医生不笑了，心不在焉地问，"你们真的不懂，还是？"

社教说："结婚快十年咧，咋咧？"

"咋咧？那你们有几个娃？"

"俺还没有娃呢，这与有娃没娃有啥关系？"社教一听就火冒三丈。

"哦，这位大哥，甭急，甭急。"医生明白了，这是一对没养育过孩子的夫妇，他们连妇女怀孕最基本的体征都不知道。

"光说甭急，那咋不赶快给人看病呢？"社教的气还未消。

二姐稍微好一些了，拧过身劝社教："医生说甭急，你就甭急么，这是医院，你光耍脾气解决不了问题。"

医生笑了说："嫂子是个明白人。我问你，你有几个月没来月经了？"

二姐一愕，想了想说："这俩仨月，好像没来。"二姐心里一下子喜悦起来，"医生，你是说，是不是俺有咧？"

医生笑了，社教更是莫名其妙。他看看医生，又看看妻子。

"瓜子，你个瓜怂。"二姐拿拳头往丈夫身上捣去。

社教急忙问："咋咧，又难受了？"刚要发急，医生却开口了："我这只是个初步判断，等到检验结果出来，才能下结论。"医生让社教扶着二姐去了妇科检查室。

社教拿着化验单，来找刚才那位医生。

医生看完"哈哈"大笑，气得社教又想发脾气。

医生说："这位大哥，恭喜你要当爸爸了！"社教一愕。

医生看着他笑了。

十年了，在孩子这个事情上，社教夫妻俩不知道操了多少心，哪能说有就有咧？社教想起了北岭毛草坡上和媳妇的野合，心想这娃肯定是咱的，又一想，那晚媳妇人种庙求子那么长时间弄啥呢？难道这娃是……是人家的种？他心里七上八下纠结不清，脸色一会儿煞红一会儿煞白，好一阵子才回过神来，狠了心想："认命吧！管他是谁的种，长大叫咱爸爸就成！"

医生看社教这个样子，赶快安慰说："真的，这是科学，咋，这位大哥你还怀疑吗？"

"嗷儿"社教鬼哭狼嚎似的一声把医生吓了一跳"上帝保佑！上帝保佑！我的妈呀！你快看看，你快看看，你儿子有娃咧，咱们老社家有后咧！"社教哭怆着趔趔趄趄跑了出去。

娃满月时，社教备了大礼来到隘口小道，什么枣花馍、曲莲子、水晶饼、猪头肉、五花肉、大板肉，柿花柿饼、桂圆龙眼、核桃毛李等，三三见九，一格子一种，抬着拾落格子，浩浩荡荡上了北岭。

老看山一眼就认出了社教："哦，是社教贤侄，咋咧，媳妇有喜咧？"

社教兴高采烈地说，"是啊，就是年时那会儿，我和媳妇来人种庙，人祖爷送俺一个大胖小子，今天是娃的满月咧！"社教一边高兴地说，一边抓着糖果和红鸡蛋就往老看山怀里塞。

"哦，那敢情好，我给你道喜了，道喜了！"老看山笑着说。

"老伯，这都是托您老的福。"社教慷慨解囊，把一个红纸包塞给他，"这点小意思，请您笑纳，要不是您那天送给我一壶茶，大热天的能把俺俩渴死，哪里还有这大胖小子哩！"老看山微笑着说，"言重了，言重了。"他收下红包，招呼着这支拉开有十几丈长的队伍过了隘口小道。

每当看到来人种庙还愿的人，老看山心里特别不是滋味。他慨叹道"唉，都几十年了，世风咋还这么霉腐"。忽然，又想起石磨村曾请来的两位省城教授说过："现在哪有救世主？只有自己救自己。有钱人之所以相信迷信，是因为他们缺少精神支柱罢了。"还有一位教授感慨道："那些来人种庙祈子的人，都是些愚昧无知者，有的人明明就知道摸石头怀孕是诈，自欺欺人是真。人种庙蒙骗他们迷信而来，蒙羞而去，哪个还愿的人敢说媳妇借种生的娃是自己的？女人难道不清楚！"

老看山心里明镜似的。

人种庙，人种庙，不育妇女来借种，是几千年传下的陈腐陋习，不知到何时才能根除！

　　但教授们总归是个文化人，临走时还给人种庙总结了几句顺口溜，经村里人传诵，风靡了整个北岭。

　　　　　　　　　　如今世道变幻快，
　　　　　　　　　　忧心忧虑又忧灾；
　　　　　　　　　　见到庙宇就叩首，
　　　　　　　　　　祈求神灵来主宰。

　　　　　　　　　　暴富发家耍大牌，
　　　　　　　　　　功德箱前跌破财；
　　　　　　　　　　慰藉心灵图平安，
　　　　　　　　　　高香烧得福满来。

　　默念到这儿，老看山"扑哧"一下笑出了声。

　　"爷爷，是谁？"春花听到爷爷的笑声，跑过来问。

　　"吃糖，吃糖！"爷爷笑而不答。

　　"哦，那是谁，咋还给这么多的糖？"春花问。

　　"哎，又一个别人的种！"爷爷自言自语。

　　春花没听懂，又扬起头想问，可一回头，见祖父走向崖边的大盘石去了。

　　春花看到还愿的队伍浩浩荡荡，嘴里不停地嘀嘘了半晌，兴奋地说，"爷爷，爷爷，我能不能去看看人家还愿？"

　　老看山知道春花正在兴头上，不忍心破坏她的心情，连连说："去吧，看去吧，记着早点回来。"

　　春花一路小跑，大黄狗撒着欢似的跑在前头。

十三

　　老看山看着看着，眼前仿佛又看见了小时候的春花。

　　俗话说，娃娃三翻六坐九爬爬。就在九个多月的时候，小春花学会了向后爬，这让老看山既兴奋又疑惑，人家小孩都是向前爬，可咱小春花怎么不会往前爬，而是倒着往后出溜出溜得挺快。

正在老看山纳闷的时候，何老贵推开房门走了进来说，"老伙计，你看谁来了？"

"哦，是羊贩子惠顾呀？稀客，稀客。来，来来，进来坐。"老看山热情地招呼道。

"老叔，咱们改日再坐吧，今天有事来找您。"惠顾笑嘻嘻地说，"听何老叔说，小春花想寻个奶羊？这不，我今天专门送来了。"惠顾指着门外的奶山羊。

老看山愕头愕脑地看着何老贵，那眼神里既有感谢又有埋怨。

"你不是说娃太小，要是有个奶羊就好抓大了。"何老贵指着惠顾说："那天在灞河边闲谝说到这事儿，没想到人家惠顾满口答应，还说不要钱，只要把羊看好就行。这我才引人家来见你了。"

惠顾站在一旁，看着老看山只是不停地点着头，而一言不发。

"老伙计之间我就不言谢了！不过哪有这么好的事情？人家惠顾就是做羊生意的，哪有不要钱白送的事儿。"老看山刚要想起身出去看看，听到说不要钱，反而又坐了下来。

"老叔，您别误会，我家是做羊生意的不假，但是也不能只认钱是不是，乡乡邻邻有个紧事，您说咱能看着不管嘛？尤其像您家这样的特殊情况，我更应该帮忙了是不是？"惠顾看着何老贵说，"何老叔说的时候，我就明确态度，是把奶羊借给您老人家，只要让娃健康成长就行。我家少一只多一只显不出来。再说了，每次路过隘口时，都得到您老的热情、周到的帮助，像那一次为了两只羊，您和老黄狗一起掉进刺刺柴沟里，弄得浑身上下都是刺刺柴，满脸满手都是一溜溜伤痕，血流得让人都怕了，您还笑嘻嘻地嘱咐我照顾好羊群。说来我还不知道如何报答您呢？"

"就是么。你就不要拧瓷了，人家惠顾是真心实意的。要不然人家打老远跑上山是吃多了咋的？"何老贵有些急，"我们俩一路走来，人家惠顾说了你一河滩好处，终于有这个机会让他能报答你了。"

老看山低下头想了想说，"奶羊，奶羊我可以留下，但咱先说好，每个月多少钱你出个价，我能承受就留下，承受不了那就算了，咋样？"他抬起头看着惠顾，伸出手等待惠顾捏指头出价。

惠顾赶快伸出右手，把胳膊往上耸了耸，袖筒子一下子长出了一大截子。两个人的手在袖筒里搅来搅去，外面看着就是一只很平常的袖子，没有什么动静，可袖筒里却风起云涌，你争我夺。你捏一个手指头，我捏两个手指头，而且还不停地捏捏停停。再看两个人六亲不认的表情，一脸严肃，眼睛翻来覆去。

何老贵一会儿看看老看山的脸色，一会儿扭过头又看看惠顾的表情，笑着说："你们俩还真较真呀，就这么点小事，值得这么捏来捏去的，真是的！"

"你给一个指头定多少？"老看山弄不清一个指头算多少钱。

"就是么，咱咋没个单价，"惠顾笑了，"还是您年长，您先定个数！"

"一个指头一块钱咋样？"老看山出了个定价。

惠顾笑着说："现在该我出个定价了吧？"

老看山点点头。

"一个指头一毛钱。"

"不行，不行！哪有这么便宜的价。"

"我是卖主，应该我说了算吧？"

何老贵用手压了压说，"咱们也按市场规律来办，卖主定价，买主还价吧。这样来说，惠顾定价有优先权。"

老看山无话可说，伸出手和惠顾又在袖筒里开始交涉起来，捏了好一阵，还是惠顾先松手。

"您老看这样行不行？"惠顾开始提出条件，"奶羊每天一毛钱，您用几个月就付给我多少钱行吗？咱没办法按月说，按每天算这样好记，咋样？"

何老贵有些惊讶地回头看着惠顾，惠顾却对他笑了笑，没吭声。

"一天一毛钱？"老看山转过头看着惠顾，"哪有这样做生意的，一毛钱，一毛钱连个水晶饼都买不到，你该不是故意做这赔本的生意吧？"

"哎，老叔，您可是让我开的价呀，您还可以还价么。"惠顾认真的样子，一看就是个生意人，"您不还价，那，那说明就成交了，是不是？"

"每天至少应该得三五毛钱的。"老看山喃喃道。

"哎，这还奇了怪了，买主儿哪有还高价的事儿？你让人笑掉大牙呀？真新鲜！"何老贵笑着说，"惠顾，就这么定了。一天一毛钱，最后算总账。"

"好，好好，我听保人的。"惠顾赶紧接着说，"不过，我还有个附加条件。"

老看山和何老贵几乎是同时转过头看着惠顾。老看山觉得这生意人脑瓜子就是不一般，是不是后悔刚才开的那个价了？

何老贵觉得这个惠顾怎么搞的，刚说好的难道又变卦了不成。

"现在这个奶羊留给小春花用，如果羊回奶了，我保证及时换个新奶羊来的，直到用户满意为止。"惠顾笑着说，"咋样，老叔？我这叫放长线钓大鱼，您不要担心我不赚钱，就怕这时间一长，我这钝刀子割肉，担心您怕疼呢！"

老看山听了这话，先是一怔，继而仰起头哈哈大笑起来。

有了奶羊，小春花一天一个样，眼看着越长越结实。

惠顾说话算话，留下的奶羊换了四五回，差不多快三个年头的光景，直到小春花能跑上跑下，能领着小黄狗帮爷爷照看隘口小道，这才把奶羊牵了回去。

十四

大黄狗懒洋洋地躺在路上，享受着阳光，看到春花放学归来，忽然发疯似的跑上隘口又跑了回来，春花知道这是大黄狗在讨好自己，"不许这样！"春花大声喝斥。

山下鼓乐声隐隐传来，又是什么节日？春花同黄狗站在崖边看了许久。

这两年，七夕节都很乏味，遭遇阴雨连天，无月可赏，孩子们也不能整夜围拢老人听牛郎织女的爱情故事。但七月十五，照样可以看到各乡村的狮子龙灯会，在人种庙广场锣鼓喧天的举行。到了十五夜晚，石磨村舞龙耍狮子的，放炮仗看烟火的，煞是热闹。骁勇的小伙子，赤着脊梁耍着灯笼，击打着皮鼓；小鞭炮如纷纷落雨，从长竹竿尖端落到行人杂沓的路面；还有冲天的礼花炮，像天女散花一样从天空五彩缤纷落下，众人"哇"声一片。春花和祖父也喜欢这样的热烈场面，但印象总不抵七夕节所经历的事情甜美。

为了不忘记那件事，去年七夕节，春花和祖父又去了趟人种庙，适逢下雨。为了避雨，祖孙二人牵着黄狗走到牛虎曾经租赁过的房屋外，挤在一个角落里，见两人扛凳子从身边走过，春花认出了其中一个是去年打着手电送她回家的人，"爷爷，是那个人去年送我回家的！"

祖父没作声，那人回头一看，抓住旁边人的肩膀笑嘻嘻地说："嗨嗨，要你到我家喝一杯不成，还怕酒里有毒，把你个真命天子毒死！"

旁边人一看是老看山和春花，咧嘴笑了，"哟，这春花又长了一截子！牛虎说别让人拐卖了去，可现在谁也拉不动了。"

春花只是抿着嘴笑。

春花两次听到"牛虎"的名字，却不曾见人。前年听祖父说过，羊贩子惠顾托牛虎把奶羊交给老看山，让每天挤奶给爷孙俩喝。惠顾知道爷孙俩的日子十分拮据，七夕节专门托牛虎捎来美国的黏苞谷。

黏苞谷让春花好生嘴馋，"咱们这的包谷穗咋没有人家美国的好吃，为啥咱们不种呢？"问得祖父没法回答。

祖父听到春花嘟哝的话，心里一阵欢喜，刚才来人说的话，看来差不多。

有人与祖父说媒，春花耳尖，把每一句话都听得真真切切。来人问祖父"春花多大了，有没有人家？"祖父似乎不许别人来关心春花的婚事，一说这件事便缄口不语。

祖父对春花说："牛虎识文断字，人也大方，惠顾的生意做得不歹。"

"都好？"春花反问道，"那您了解他们一家吗？"

祖父没理解这句话的意思，便笑着说："花儿，假若牛虎要你做媳妇，请人来说媒，你答应不？"

"哎呀爷爷，您老糊涂了！再说，再说俺就不理您咧！"春花羞红了脸。

祖父不再说啥，点燃了旱烟袋，来到隘口小道。他轻轻叹了一口气，要春花先回去，自己守在崖边，担心逛庙会的人摸黑过隘口。

三天前两人就约好，祖父守隘口，春花同黄狗去人种庙看热闹。但只过了一天，春花反悔说，要看两人一块儿去看，要守路两人一块儿守路。

祖父笑问："花儿，你这是为啥？说定了的事又反悔，同看山人的品性不相配。"

"我走了，谁陪您？"春花蹙紧了眉头，

祖父不紧不慢地说："花儿，总有一天你会离开我的。"

"爷爷，我决定不去了！"春花有些急了说，"我一辈子守着你，守着隘口小道"。

"真是个瓜女子！"老看山心里说。

惠顾赶着一群羊来到隘口小道，撒野的山羊不听惠顾的指挥，胡跑乱撞。春花指挥着黄狗，前后围拢夹击，帮惠顾把羊群揽在一起。

"老叔，咋啦，人不美气？"惠顾一边忙着揽羊，一边关切地问。

老看山说："好着呢。管好你的羊，别跑丢了。"惠顾过了隘口小道，朝北岭走了。

祖父近日里像是平添了许多心事，老是背着手站在崖边，嘴里叼着旱烟袋，一句话也不说，有时突然蹦出一句感慨，"我的春花长大了！"

春花初开情窦，提到男女之事就会红脸，欢喜看满脸扑粉的新嫁娘，欢喜说新嫁娘的故事，欢喜把野花戴到头发上，还欢喜听人唱歌。她有时怕孤独，坐在崖上凝眸天空一块块云彩。

祖父问，"花儿，想啥呢？"有时花儿的确连自己想什么也不清楚。女孩子随着身体发育，每月身上自然来的那件"奇事"，使她多了些惆怅，也多了些梦想。

祖父在人世间活了八十个年头，看着春花一天天长大成人，由不得想起了那些陈年往事。

春花的母亲同春花一个模样，大眼细眉，乖得使人怜爱，也懂得女娃家要守身自爱，但不幸来了，自打爱上了那个"闲人"，就不顾惜自己的名声，结果丢下老的和小的，跳崖寻死了。这些事老看山认为谁也无罪过，只应"情缘报应"。人种庙祸害了多少善良淳朴的妇女！

老看山年纪大了，担心春花又同她妈妈一样，临了撇下雏儿，老看山如何支撑下去。假若上帝公平，就应派来好后生，让老人安度晚年，让花儿有个好归宿。所以，祖父越来越操心春花的婚事了，有时躺到大盘石上，望着繁星盘点着哪家哪家的后生好，想着在大限前把春花托付给一个放心人家，对得起自己那苦命的闺女，自己也才能瞑目。可交给谁呢？

前几天果贩子社教收购了两大筐杂果，挑着担子过隘口小道时，老看山瞻前顾后地帮着，社教感动得一个劲儿地劝老看山别闪了腰，扭伤了腿，直到两筐子杂果到了安全地儿，两人才罢手歇息。心直口快的社教看到春花，第一句话就说："老伯，你家春花长得标致，若你愿意，我操心给俺妹子找个好婆家，您看咋样？"

老看山念记着这个厚道人的话，心里又愁又喜。春花应当有个好人应承，可眼前这个后生合适吗？当真把春花嫁出去，春花是不是会抱怨？

十五

秋日大早，北岭上下起了毛毛雨，隘口小道有点滑。老看山提着半笼草木灰，在隘口小道上撒灰垫路，再用双脚踩实路面。

"花儿，你看一会儿，爷爷有要紧的事儿下趟山！"祖父交代完毕返回家拿东西。

当天春花跑上崖边，接替了爷爷的岗位。黄狗也凑在一旁"汪汪"叫着。

老看山戴了顶破草帽，背了个笼，肩头斜挂了个里边装了一个酒葫芦的裕祥，还包了一手帕的钱，下川道去了。因为是雨天多雾，从隘口小道过往的人并不多，只有零星的几个过路人。春花头上戴了一顶崭新的草帽，与过路人一一打着招呼，黄狗站在崖边助威似的不停"汪汪"吠着。

淅淅沥沥的雨滴敲打着地下的泥土，坡上湿漉漉一地。春花盘算着祖父的行程，这几天应到啥地方碰到啥人，谈些啥话，川道应当是些啥情形，街道上有什么好吃好买的，心中完全一本账。她知道祖父的脾气，一见川道相熟的人，不管是老板，还是下苦力的，总能把话说得让人服服帖帖。见到西街口饭店老板，祖父会说"恭喜发财！"那一个也回敬"老看山，吃了么？要点啥。""有啥吃喝？来一盘花生米，沽二两酒，不会撑也不会醉！"倘若有人想喝一口老看山的葫芦酒，他从不吝啬，把酒壶递过去，遇到知己一醉方休。春花知道，祖父同人家聊天，必问最近的米面价、菜价行情，聊罢人家总是热情地抓出一把把红枣，塞给老看山。祖父只要一到古镇，一定有许多商人送他铺子里的东西，表达他为川道人尽职守隘的敬意。祖父常会嚷着喊"我带了那么一大堆回去，会把老骨头压断的"，可不管说什么，这些吃的用的，都会杂七杂八地装满他的裕祥。

有人穿越隘口告诉春花说，在古镇街道酒馆前，见到老看山把酒葫芦给了一个年轻人，请人家喝他刚买的烧酒。春花问何人？来人说，是社教热情招待老看山。临了还撂下一句："甭操心，老看山人缘好，饿不着！"春花笑了。

社教和老看山品着酒聊着家常。"惠顾想认春花当干女子，给俺提了好几回，今天遇到你来古镇，俺想征求征求您的意见。"社教和老看山面前摆了好几个空酒壶，两人都喝得满脸通红。

老看山今天心情不错多喝了几盅，捋了下胡须点点头说："嗯，这倒是个好着落。"又端起酒盅和社教碰了碰，仰起头一饮而尽，掏心掏肺地说，"不知这段时间咋咧，满脑子都是春花的事，真不知今后咋安排娃呀？"想了想笑着问社教，"该不会是我快走咧？"

"哈哈，您老这是咋的啦，身子骨硬朗得很，还等着要抱重外孙呢，哈哈哈！"社教笑着说，"今天这酒喝得顺溜，咱爷儿俩可好久没这么喝过了。"

老看山给自己斟满了酒。"是啊，今天你说的是件让人高兴的事儿，心情就是酒量。不是有人这么说吗？看人有没有酒量，从他端酒杯的姿态上就能看出来。"

"咋能看出来？"社教好奇地问。

"有一句顺口溜，你听了就明白，"老看山笑着说，"举杯轻，人口深，门前清。"

社教还等着下文呢，老看山却不说了，社教眨眨眼问，"就这么几句？"

"没听出来？"老看山故意卖关子说："你是个聪明的商人，再想想看，酒桌上凡是不能喝酒的，你咋让，他都说'不会喝'，总不愿意端起酒杯来，是不是显得酒杯沉呀？那些嘴里说'不能喝'，只要有人提议，他就轻轻端起酒杯，仰头一饮而尽，而且喝得干干净净。"

"哦，原来这样呀，您老不愧是个酒仙！"社教忽然话题一转说："唉，人家也是好心，总跟俺唠叨，每次上北岭，看着这一老一少的，心里老替您担心。说是可怜吧，好歹每个月还固定有那么百十块钱，日子勉强过得去，但凡有个啥变故咧，那碎女子可咋办呀！我觉得惠顾没有邪心眼儿，提出来要认春花这个干女儿，不是他一时心血来潮。"

老看山听完后思量了半天说："嗯！是实心诚意的，平时我也觉出来了。我回去和春花再掂量掂量。"

大黄狗遇到羊群，就更兴奋了，不是跑过去"汪汪"两声，就是站在悬崖边上充当牧羊犬。

过路的人稀了，春花站在悬崖边轻轻哼唱着"迎神还愿"的祈子歌。

善男信女拜仁宗
满坡单子有灵性
庙堂龛前献厚礼
只因无后罪孽重

人祖赐子留后生
来年答谢表忠诚
醉酣携手同归去
我当为你再歌颂

歌声轻曼柔和，欢乐略带忧伤。唱完了这首歌，春花觉着心头飘过一丝儿凄凉，想起了头年社教酬神还愿，众人围着焚香烧纸、"跳神"惊怵的场面。

十六

乡政府为了打造全乡特色经济，树立产业品牌大银杏，准备投巨资硬化全乡的通村公路。石磨村虽错过了好几次这样的机会，但这回总算赶上了末班车。

消息一传开，石磨村的老百姓奔走相告，大家议论纷纷。

"咋样，甭看咱这穷乡僻壤，关键的时候，还是党和政府关心咱们，想着咱们，今后路通了，山货就能变成钱喽！"

"哼！这伙子村干部，油嘴滑舌，光能揩油。"

"如今的干部没好处咋有积极性？门儿都没有。"

"村委会是修路没钱，办会没胆，有时间尽日闲干！"

"村支书是有吃喝，有钱拿，没事干咧，丛管娃。"

……

春花边跑边喊："爷爷，爷爷，听说石磨村要扩路，修的还是水泥路面咧！"

老看山抬起头："啊？谁说的？"又一想，这是迟早的事，也是自己最不愿意看到的事。

"满村人都在议论，说国家投资多少千，多少万呢！"

老看山心里"咯噔"一下，心想："看来隘口小道的历史要结束了，自己真的也要失业咧！"

一阵阵"轰隆隆"的声音传来，吓得老黄狗"哇哩哇啦"像喉咙里塞了一坨棉花似的乱叫。

乡政府开发办陈主任带着一帮子人，开着车来到北岭，汽车在隘口小道前停了下来。

"哎，老人家，原来您就是老看山呀？"陈主任问。

老看山"吧嗒吧嗒"抽着旱烟袋，心里纠结着难受着咧。他认得这位陈主任，磕了磕烟袋锅，起身来到陈主任面前，一本正经地说："我就是，就是乡政府每月发给一百八十块钱那个老看山的。"

"对不住老人家，上次不知道是您老，失礼的地方请多多包涵。"陈主任客气伸出手要和老看山握手道歉，老看山没这个习惯，僵硬地站着不肯出手，根本也没这个意识，弄得陈主任只好尴尬地搓搓自己的双手。

"你们能来石磨村，我很高兴。"老看山说，"来，歇会儿，喝口茶。"

陈主任看到大家有些疲劳，顺势说："好吧，谢谢老人家，我们就不客气了。"

众人散坐在大盘石周围，春花把湖好的茶水，给每人倒了一碗。

"咱们是一家人，都是吃乡政府的皇粮。"陈主任边喝茶边套近乎说，"您老几十年如一日看守隘口，不容易呀！"

陈主任的部下也附和着，你一句他一句地议论不休。

"给这点钱，就能拴住老人家一辈子？真是的！"

"听说一开始才八块钱，现在也才加到这点儿，物价早就涨了好几十倍了。要是年轻人，你再增加十倍，看有没有人愿意干这个？"

"还是老同志精神可嘉，值得我们学习呀！"

老看山实在听不下去了，但又无法反驳，忍了忍无奈地说："是呀，听起来我简直就是个猿人，天底下哪还有这样的瓜怂。"

陈主任和部下个个尴尬。

陈主任说，"老人家，我们不是这个意思，"指着崖边说，"这危险的隘口小道，马上就要通公路了，您老可以光荣退休，颐享天年喽！"

老看山听着听着更上火了，本来心里头就烦，话不投机起身甩手走了。

几个年轻人从车上卸下测量仪器，撑开三脚架，架上仪器，在北岭坡上左测测右瞄瞄，一个人挥挥手，对面小伙子拿着标杆，左右移动着。

春花好奇心重，想上前探个究竟，可看到祖父吃着旱烟袋，气呼呼站在崖边的样子，只好打消了这个念头。

石主任带着村两委会的人，急匆匆走来，笑着说："热烈欢迎上级领导莅临指导！感谢陈主任关怀石磨村！"

陈主任兴奋地回答："这是我们应该做的，应该做的！"

村支书紧紧握住陈主任的手，不停地摇着说："还是陈主任高瞻远瞩，上次来才有动议，没想到这么快就兑现咧。"

石主任也附和着说，"还是陈主任和我们广大农民心贴心呀！这才不到一年，上级就批准了，还是全额投人，真是太感谢，太感谢咧！"石主任满脸堆笑地看了各位一眼宣布说，"全村老百姓，要求村委会大摆筵席，犒劳上级领导和同志们，你们辛苦了！"

村支书接着说："晌午饭，已经给大家准备好了，请大家到村里用餐。"

陈主任喜形于色。

小李请示问："主任，仪器和车怎么办？"

陈主任正在犹豫，只听石主任说："甭管了，我们这里有人看，"指着老看山说，"老哥，这儿有你呢，是不是？"

老看山吃着旱烟袋，转过身看了村主任一眼，没有搭腔。

石主任转过身看着春花，笑着说："春花，你帮爷爷看好。""哦！"春花点点头答应着。

十七

社教上了北岭，带了"四样礼"来到独庄子，找到老看山说，今儿他可是个媒人身份，受人委托来提亲。老看山有些慌神儿，把社教安顿坐在家里的八仙桌旁，然后吩咐春花点火烧水，春花在门外剥着玉米棒，头也没抬回答说，"电壶里是新烧的开水。"来人并没太在意，一进门就喊"贺喜贺喜"。春花心中一惊，八九不离十猜着了与自己的亲事有关，于是假装在屋后菜园撵鸡，耳朵却支得老长，嘴里还轻轻哼着小曲。

社教先不忙着说正经事，而是撇开，另说其他。"老伯，咱这可是头一遭，要不是人家硬拉着，咱哪有这个本事。"社教看着老看山继续说，"春花妹子长得花一样，人见人爱，我也喜欢。就凭这，一定得给我妹子找个好人家，你说是不是？给人说媒，讲究的是门当户对，讲究的是郎才女貌，讲究的是家庭、品行互补。人家说媒的是要遵循一套规律的，咱可没这个能耐！"

老看山想，社教生在北岭，长在川道，没上几天学，咋就能白话得这一套一套的。

"我隔壁的媒婆能说会道，告诉俺一件事，说她曾经给人说过一个媒，双方见面后都觉得没啥弹嫌的，于是女方就催促订婚，从见面到订婚还不到两个月。可中秋节刚过，两家就开始闹别扭。按风俗，订婚后每年的两节（中秋节和春节），男方都要上女方家送节礼，如果不去，女方家就觉得在街坊邻居面前丢份子，可男方家中秋节居然没去，女方家气得要退婚，两家打闹得不可开交。"

社教旁敲侧击完毕，言归正传转述惠顾的意见。老看山不知如何回答，迟疑地来回搓着结茧的大手。

社教想要老看山给个肯定，可老看山光顾了高兴，已经有些自持不了，嘴里不停地说："这就好，这就好。"

"父母之命媒妁之言"，这是山乡风俗。凡是遇到提亲的"月下老儿"来说媒，一般都要给媒人送双鞋，答谢媒人为了促成这门亲事，跑断了腿，磨破了鞋，费尽了口舌。老看山懂得这些规矩。他弯着腰，摸索着在一个有年头，木头都被打磨得油光乌亮的柜子里折腾半天，取出了一双多少年都舍不得穿、乡政府奖励的皮鞋。虽然款式有点过时，可一看就是那种货真价实的真牛皮鞋。

这么一折腾，老看山自己清醒了，回头补充了一句："这，这事儿，可得问问外孙女，娃大了，看她自己主意，咋样？"

"当然，当然，娃相不中，咱再说都是白费唾沫。"社教回答。

老看山把三接头黑皮鞋拿到社教面前说："那就让你费心咧！"

社教站起来抢白说："您看，这咋整的，是惠顾托我说媒，又不是您老托我说媒，这使不得，使不得！"

老看山急着说："按理儿说的是，可我这心里过意不去哟！"

两人推推搡搡。

社教笑着说："那就等于这媒说成了，娃出嫁时我再来拿，咋样？"

把社教送过了隘口，祖父叫来春花。

春花双手端了一簸箕苞谷，来到崖边娇声问："爷爷，啥事？"

祖父笑着不说，偏着白发苍苍的头看着春花。

春花心里想，这日子长咧，爷爷的话咋也长咧！

许久，祖父笑着说："花儿，川道社教来做啥，你知道不？"

春花刚才看到柜盖上放着那双皮鞋，一下子就全明白了。她故意装模作样地摇摇头，"不知道！"一片红晕由脸蹿到脖颈。

看到这情景，祖父明白，春花全知道了。他把眼睛移向远处，云雾里仿佛望见了二十年前的女儿，老看山心中异常柔和，感慨自语："每个人总得有个窝，每只雀儿总得有个巢。"忽然又想起女儿当年跳崖的惨景，心中陡生隐痛。勉强笑着说，"花儿，惠家请人来说媒，想让你当儿媳，问我愿不愿意？我呢，人老了，再过一年半载会离你而去，我没啥不愿意的。"祖父想了想又说，"这是你的终身大事，你好好想想，自己拿个主意，愿意就成，不愿意也好给人家个话儿。"

谈及婚姻，春花总觉得这件事离自己还远着呢，所以一下子有些懵懂，不知咋表态，只是怯怯地望着祖父，不便问，当然也不好说啥。

祖父又启发说："牛虎是个有出息的人，听说唱歌还上了电视，他父亲惠顾为人慷慨，你嫁到他家，算是命好！"见春花不作声，就又补充说，"花儿，俺娃不急，想几天不碍事。"

十八

对石磨村民间自发组织"开发人文资源，发展旅游事业"的举动，有些领导心里非常清楚，这是封建迷信的翻版，是人们缺乏信仰，缺失道德的一种做法。有的领导侥幸地认为，只要村民不聚众闹事，对经济发展又有利，何乐而不为呢！地方官员有个习惯，只要民不告，官就不究，可偏偏有人给县长写了一封信，反映石磨村伤风败俗，借人种庙，大搞封建迷信愚弄百姓，名为文化庙会求子祈福，实为大兴淫乱的色情业，而且还形成了产业链。县长收到举报信后，立即批示，让县文明办和县文化市场执法大队组成联合调查组，进驻石磨村，打击违法犯罪，捣毁色情产业链，整顿石磨村的人种庙，让文化庙会健康、有序地向前发展。

一群盛气凌人，行令猜拳，胡吃海喝的人，把村头的"风味小吃"店搅和得乌烟瘴气。

正巧石主任路过这里，心想，什么人这么肆无忌惮地在这里扰民，正想找人问问这伙人的来龙去脉，却与县文化市场执法大队的王队长相遇了。石主任马上意识到，看来人种庙的活动惊动了县政府。本来想与王队打个招呼，可王队一转身躲开了。因为在开发石磨村庙会文化产业的问题上，石主任曾私下找王队了解过有关政策，还请他给石磨村拿拿主意，王队当时只说了一句"村委会出面组织那是没事寻事"点拨的话，让石主任至今都没忘。另外，他与王队还有一层特殊关系，按辈分，王队还是石主任舅家门里的侄子呢。瞥了一眼王队，只见王队侧着身子，那双小眼珠子咕噜噜转个不停，然后拧过身装作不相识的样子，走进了小吃店。石主任心领神会，吹着口哨，也当互不相识瞎转悠，慢悠悠离开了"风味小吃"店门口。但转过弯，几乎是一路小跑回到家，从五斗柜里取出一个鼓鼓囊囊的大信封，匆匆忙忙上了北岭，坐在源坡上掏出手机发了个短信。不一会儿，王队只身来到独庄子老看山家的后源坡上，两人心照不宣，见了面什么也没说，石主任把那个大信封交给王队，王队掂了掂，嘴巴向上一翘，狞笑着打了声唿哨，得意扬扬地离开了。

石主任看着王队的背影，心疼这笔刚到手还没暖热的钱，转手就进了人家的私囊，心里头实在不爽，可又一想，没有这笔感情投资，石磨村咋能化险为夷呢？还是稳当点，只要人种庙香火不断，没多久这钱不就又回到咱手里了。他想起一个朋友曾经说过，"如今能把钱送出去，说明你还有朋友，如果连钱都送不出去，说明你已无路可走了。"石主任如释重负地笑了，真是应了"有钱能使鬼推磨"这句话，暗自佩服这个应变措施来得及时，否则就会出大乱子。心想，今儿个就怕你不要，只要你敢拿钱，那咱石磨村人种庙的事儿就能躲过一劫。

王队打了一个饱隔，长长出了一口气，突然他大声提议，"弟兄们，今天咱们来人种庙观光旅游，这顿饭咱也来个时髦，AA 制咋样？"

队员个个感到莫名其妙，你看看我，我看看你。

"来，喝！"王队端起啤酒杯，"下、下午的目标……"他被啤酒噎住了，干咳了两声之后接着说，"下午的目标是果园采摘，先尝尝今年的大杏，咋样？"

伙计们又愕了。

不知谁问了一句，"吃杏儿可以，谁买单呀？"

"当然是王队啦！"伙计们异口同声起哄道。

"OK，哈哈……"王队放肆地大笑。

老看山感到累了，告诉春花他想早点睡。

春花没忘祖父所说的事情，梦境中看到自己的心被男高音的歌声托起，轻轻地在四处飘浮，上了崖边，下了菜园，到了隘口小道，又倏忽飘至悬崖半腰，吓得她出了一身冷汗。

祖父躺在东屋的炕上翻来覆去想不通，社教白天说了一蒲篮话，临了那句，"哎！这门亲事……"留下的谜自己无法解开。

第二天一大早，春花和祖父一起动身了，她用水匆忙洗了把脸，把早上说梦的忌讳忘了，唠唠叨叨与祖父说着昨晚梦中的情景。

"爷爷，你说唱歌，我昨天就在梦里听到一种顶好听的歌声，缠缠绵绵，我跟了这声音到处飞，飞到崖半腰，摘了一大把酸枣，可我不知道把这个东西应该交给谁？"

祖父悲悯地笑着，并不想告诉春花所发生的事情，他要下山找社教把话说透，再寻惠顾新账旧账一起算。

坐在小酒馆里，老看山与社教闷着头喝酒，谁也不先开口，不大的酒桌上摆满了空酒壶。

社教借助酒劲儿说："老伯，算了吧，我们只当喝酒了，甭再替娃儿的事情操心咧！"社教指责自己不是称职的媒人，这件事没办好。"谁叫咱不慎重，没弄清楚就去说媒？哎，这是教训呀！"

老看山虽然喝了过量的酒，人却还清醒，看到社教左右为难，心想，如果在古镇街道上闹得不可开交，春花今后还咋做人？

"您虽然不说，可我明白您的意思，您想埋怨我说不出口，可我也求您不要再打听了。"社教仰起头，把一大碗酒灌了下去，"老天爷咋就这么捉弄人，谁料到牛虎咋能和春花有血缘关系呢？要不是牛虎这狗日的说，我绝对不会信。"

老看山像被人打了一个闷拳，趔趔趄趄坐在板凳上，张了张嘴想说句话，但社教却不给他说话的机会，怕老看山火气大砸了人家酒馆，就把他连拉带拖离开了。

社教一边搀扶着老看山，一边好言相劝："知道了好，知道了好，多亏还没面对面，不然以后知道了，那还不悔青了肠肠肚肚？"

老看山憋得满脸通红，闷闷不乐地戴起那顶破草帽，只身走上北岭坡，或许风大，浑身上下觉着不对劲，一阵阵冒冷汗。要不是好心的路人让老看山坐在蹦蹦车上捎老汉一程的话，老看山还不知得多长时间才能回去。平时两个时辰就能回家的路，可今天还坐了一段路的蹦蹦车，高一脚低一脚地走了多半天，日头快落山了，老看山才疲惫不堪地回到独庄子，蹲在屋旁的小溪，用泉水抹了抹脸上的汗，仍然觉着头钝钝的，心口闷闷的，浑身困困的。他想自己回屋先睡，吩咐春花继续守路。

已近黄昏，天气还十分闷热，北岭坡上飞着红蜻蜓，呼啸声越来越大，看样子到傍晚必有大雨。

春花守在隘口崖边，看着北岭坡上飞来飞去的红蜻蜓，心神不定。想祖父从川道回来，脸上惨白惨白的，不知发生了什么事？她放心不下，悄悄回到家中，原以为祖父一定早睡了，谁知祖父却坐在门槛上拾掇铁链子呢！

"爷爷，刚才见您疲惫不堪，让俺心疼，咋不好好躺下歇息歇息？"春花埋怨道，"您拾掇那么多铁链子做甚？"

祖父站起身来昂头向天空望着，轻轻地说："花儿，今晚要下大雨响大雷。回头把咱的麻油汽灯绑在崖边，给赶夜路的照照亮，这雨大着呢！"

春花说："爷爷，我好害怕！"春花怕的似乎并不是晚上要来的雷雨。祖父似乎也听懂了说："怕什么？要来的早晚都得来，不必怕！"

十九

天麻麻黑，一束闪电从屋脊上瞬间掠过，紧接着就是"咔嚓"一声炸雷，大雨滂沱而至。

春花吓了一大跳，躺在炕上不由地瑟瑟发抖，寻思着自己又不是没见过大暴雨，可为啥今天心里特别地惊恐不安？

老看山昏昏沉沉，躺不是，坐不是，挣扎着起身，跟跟跄跄来到西屋，担心春花着凉，把一条布单搭到她身上说，"花儿，坚强些，不要怕！"

春花违心地说，"有爷爷在，我不怕！"正说着，只听"轰隆隆"一声闷雷，接着是"咔嚓"的刺耳声在头顶上掠过。两人都以为一定是隘口悬崖崩塌了。过了不知多久，春花也就沉沉地睡去了。

老看山翻来覆去睡不着，折腾到半夜人却出奇地清醒，把从来不曾想的陈年旧事，放电影似的过了一遍。想到惠顾的所作所为，气得浑身上下颤抖不停。惠顾的作孽，害得两代人不得安生，爷孙俩又一次受到严重的伤害，这个伤害弄得老看山还说不出口。这时公鸡打鸣了，老看山突然心口剧痛，头像要炸开了似的。随着一声炸雷，老看山"咔咔"两声如咆哮般的咳嗽，紧接着一口黑血像喷泉似的从嘴里喷射到土墙上，撕心裂肺的剧烈疼痛，老看山顿时晕厥了过去。

春花睡醒时，天色已经放亮，雨不知在何时已经停息，山沟里传来"哗哗"的流水声。春花蹑手蹑脚地爬起来，到东屋掀开门帘，见祖父鸦雀无声，似乎还睡得很香。心想，昨晚电闪雷鸣，可能祖父一夜未眠，天亮可能才睡着吧！于是，她轻轻闭上门，悄悄走了出去。

独庄子门前，被山洪撕开了一个大口子，水流虽然已经小了许多，但仍从屋后哗哗地流来，绕过宅院至悬崖直泻而下。屋外的菜园被山洪冲得乱了沟垄，菜秧歪倒在泥淖里。春花走近一看，沟道里水大涨了，泻着哗哗的黄泥浆。春花跑上山顶，见隘口小道仍安然无恙，悬崖峭壁依然矗立在北岭最高处。

春花没看见蓝麻油汽灯，找了好一阵儿，一种不祥之兆猛然袭来，春花连声尖叫着，"爷爷，爷爷！"，赶紧跑回东屋，见祖父还躺在炕上不吭声，抬头一看，墙面上都是乌黑乌黑的血。春花吓坏了，"哇"的一声，号啕大哭起来。

由川道上北岭路过隘口小道的人，听到悲恸的哭声，急匆匆跑过来看个究竟。

"爷爷咋咧？"来人跑进来问道。

春花哺哺地说："爷爷他，他走了，哇！"

来人看到这情景，安慰道："甭急，甭急！"几位中年人，同情地说："娃你甭急，我们去村里报个信，叫人来帮你。"

不大工夫，石磨村都知道了老看山去世的消息。

村委会石主任把老看山的丧事，全权委托给村里"红白喜事"协会主办。村委会出钱买了一副油黑发亮的松木棺材，人种庙的老道士带着法器和一件旧麻布道袍，抱着一只大公鸡，来念经超度。春花坐在灶堂边矮凳上呜呜地哭着。

川道上的惠顾、社教和何老贵，还有牛虎一帮子人，开着蹦蹦车，带来一袋大米，一箱子罐罐馍，一蒲篮压好的面条，一坛酒，一扇猪肉和一筐菜。

惠顾见了春花关切地说："春花，老年人终究都要走的，不要愁，一切有我呢！"惠顾说完，招呼来的人点灶做饭。

川道来的厨子三下五除二烩了一锅膘子，煮了压好的宽面条（宽面寓意故者去西方极乐世界的路很宽），捞在大盆里往桌子上一摆，供众人吃这流水席。大伙儿匆匆吃罢"倒头面"，开始忙活着为老看山入殓。

入殓前，人种庙的道士，用红绿纸剪了一些花朵，用黄泥做了一些烛台，棺木前小桌上燃起白色九品蜡，焚起了高香，一切都准备停当，就等择日发丧了。

民间认为死人是一种遭殃，故要发丧文，这类丧文称"殃榜"。丧文中简单写着死者的生辰年月、丰功厚德、入殓时间、出殡的日子等等。死后当天入殓的称"走马殓"，入殓前要用呈文纸，将棺内四壁糊好，棺底铺上青麻秆，秆上糊着呈文纸，当然也有用黄纤纸糊棺内四壁的，棺头贴上用金银纸剪成的太阳、月亮、北斗等图案，再于棺木底部铺上一层草纸，草纸上面盖一床棉被，两头分置"元宝枕""垫脚石"。

人殓由"红白喜事"协会主持，何老贵也跟着忙前忙后张罗着。事毕，一些帮忙的人各回各家去了，屋里留下村里的几位长者和老看山生前的好友。

惠顾作主请了"八挎五"的乐人，即八个人的乐队，有敲干鼓、爆鼓的，有拉弦索板胡、二胡、弹三弦子的，还有吹唢呐、铜器的，外加五个唱戏的，有唱须生的、唱老生的、唱小生的、唱花旦的，还有唱现代歌曲的，为老看山长歌送行。乡里人把"乐人"叫"鬼娃子"实际上真正的含义不是"鬼娃子"而是"龟人"。这种乡俗习惯可以追溯到唐明皇时期，那时候，盛唐宫廷里有专门负责祭祀、礼宾活动的祭官叫李龟年。人们把凡是这类活动的演奏、演唱者都简称为"龟娃子"用李龟年的名字代替复杂的称呼。随着文明程度的提高，人们把这种营生的人也称为礼宾先生。不过婚事为喜，称为礼宾乐队，而丧事为悲，称为趋鬼乐人。民间把凡是送葬的乐人，都统称为"鬼（龟）娃子"其祖师爷就是李龟年！

天刚黑，老道士披上那件蓝麻布道服，开始了丧事中的绕棺仪式。老道士在前拿着小小纸幡引路，披麻戴孝的春花在何老贵的搀扶下走在头里，惠顾、社教和村里许多人帮忙殿后，绕着那寂寞棺木慢慢转着圈子。吹吹打打的"鬼娃子"则有的站在灶火边上，有的则坐在门外，敲锣钹打梆子。老道士闭了眼睛且走且唱且哼，安慰亡灵。提到关于亡魂所到西方极乐世界花香四季时，何老贵就把木盘里的纸花，向棺木上空高高撒去，象征西方极乐世界情形。这么折腾到半夜，基本算完了，放过爆竹，蜡烛也将熄灭了。

二十

春花两眼噙泪，走到灶边去烧火，川道来的厨子炒了四个小菜，为丧事帮忙的人做夜宵。社教把罐罐馍放在桌子上，八个人一桌，边吃边聊。

吃罢夜宵，老道士歪倒在老看山炕上睡着了，剩下的人照规矩在棺木前守灵，烘丧堂。惠顾为大家演唱秦腔曲牌。他拿个量麦的空木升子当作小鼓，"剥剥剥"地用手掌拍击着，一嗓子唱完《祭灵》《安神》《放饭》等折子戏，一夜未曾合眼。

年轻人和几个长者吃罢夜宵，喝罢盅酒，蓄足了精神，轮流把丧曲唱下去。春花哭了一整天，也忙碌了一整天，到后半夜倦极了，头抵在棺木边眯盹了一会儿。一会儿梦里又看到爷爷，惊醒后，只见棺材不见人，明白祖父再也不能叫春花了，更加泪水涟涟，哀痛不已。

"春花，春花，俺娃甭哭咧，人死了哭不回来的！"何老贵劝说道，"爷爷也难过咧，你眼睛哭肿，喉咙哭哑，也哭不醒爷爷了！"听罢，春花更加难受。

惠顾接着说："听你何爷爷的话，你爷爷的心事我全都知道，一切都有我，我会把一切安排得妥妥的，既对得起爷爷，也对得起你可怜的娘，放心吧，一切有我……"

天亮了，开发办陈主任一帮人，代表乡政府前来吊唁，还给春花带来一笔抚恤金。

按照乡下风俗，人死了最少在家里停尸三日，有点经济的子女，一般都停放七日，也就是过了"头七"才埋人。可春花一个人势单力薄，经济先不说，哪有人能帮她七天的。"红白喜事"协会的人与何老贵、惠顾、社教商量后，一致意见，棺木不停放太长时间，早些人土给娃省些花费，也减少娃的压力。

第三日，天麻麻亮，石磨村乡党邻里，老看山生前好友，还有方圆村子的熟人，浩浩荡荡足有百十号人，来送别老看山。惠顾搀扶着披麻戴孝、手里抱着祖父遗像的春花，老黄狗"呜噜、呜噜"吠着，跟在春花后头，牛虎抱着纸盆子，默不作声地跟在春花后头。村支书和石主任，还有从城里打工赶回来的青壮年等十来个人，抬着灵柩上了北岭，按老看山生前的愿望，到了预先掘好的墓地，把老看山埋在大盘石旁，让英灵与隘口同在。老道士按风俗规矩跳下墓穴，把一些朱砂颗粒同五谷杂粮撒在墓穴里，又烧了一些纸钱，道场布施完毕。

乡开发办陈主任代表乡政府致悼词。他浓缩了老看山平平淡淡而又崇高敬业的人生："看山六十年，日日守隘口，帮助千万行人，没出一例事故，保障了骊山北岭险要隘口畅行无阻。尽管困难时期每月只有8块钱，改革开放富裕了，每月才长到180块，却从来没有任何怨言，精神实属可贵呀。他还长期免费给路人供应开水、茶水，不计名利，不计报酬，得到他帮助过的人，数也数不清，真是全心全意为人民服务。让我们永远记住这位没有名没有姓却令人敬佩的老人！愿他老人家一路走好。"随之是一片哭泣声。

春花抓住棺木边，哑着嗓子呼号。惠顾和社教用力把她拉开，众人开始下葬棺木，不一会儿，棺木就被新土覆盖了。众人垒好坟，也不再打扰春花，都悄悄离去，只留下春花和惠顾还有那条大黄狗守在墓前。春花坐在大盘石上伤心地哭泣着，老黄狗卧在新坟旁"呜噜、呜噜"低声吠叫着。

春花记不清老黄狗到底有多大了，看着老黄狗像个孝子似的守护着祖父的新坟，十分感动。她心想：如果它是人的话，一定是个老寿星了。春花感激老黄狗如此通人性。

"头七"一大早，春花提了一笼纸钱来到祖父坟前，却发现老黄狗趴在爷爷坟前已经断了气，雪上加霜的悲痛，使春花眼泪再次像断了线的珠子滚滚滴落在脚下。想起老黄狗几十年如一日地忠于职守看家，守护隘口，从不咬人惹事，遇到生人从不下嘴，老看山或春花不发话，它就"汪汪，汪汪"叫个不停，一直提醒你，从未懈怠过，春花一边心里念叨，

> 狗娃狗娃心真狠，
>
> 撇下我这孤独人；
>
> 陪着爷爷上天国，
>
> 永远护佑做忠臣。

春花给老黄狗梳理完毕，又在爷爷新坟旁挖了一个坑，铺上黄纸，撒上花瓣，给了老黄狗一个隆重的葬礼。

惠顾陪着春花一道给老看山烧毕"头七"纸，然后用商量的口吻说："我想接你下川道去家里住，'逢七'再陪你上来烧纸，你不能一个人住在这风大人少的山旮旯里，我不放心呀！"

春花听到这怜悯的话，眼泪不停地往下掉，心里更加感觉空落落的。她带着哭腔说："俺不，爷爷才走，俺要给爷爷守坟，守满七七四十九天。"

惠顾说服不了春花，只好自己打道回府，在古镇街道上拜托何老贵说："老叔，俺出钱，请您老上独庄子陪陪春花，等娃想好了再接回来。"

老实巴交的何老贵背着褡裢，提着酒壶上了北岭。

春花坐在大盘石上，呆呆守着祖父的坟垄，眼前又浮现出隘口小道上爷爷和大黄狗那熟悉的身影。

"轰隆隆，轰隆隆"，推土机、挖掘机、压路机的轰鸣声，惊醒了沉寂千年的骊山北岭……

2006年深秋于太白书屋

2007年春改于京西宾馆

（2015年6月26日起连载于新西兰中文《华页》报）